KB266337

나의 벤 존슨

나의 벤 존슨

이찬란 장편소설

시원북스

원래 영웅이란 어떤 어려움이 닥쳐도

포기하지 않는 법이다.

차례

세기의 대결

1988년 9월 24일 오후 1시 30분, 서울올림픽 주경기장.

한낮의 뜨거운 햇볕으로 달궈진 육상 트랙에 세계를 대표하는 여덟 명의 선수가 하나둘 입장했다. 그러자 경기장을 둘러싼 7만 5천여 명 관중의 시선과 외신 기자들의 카메라가 그들을 쫓아 일사불란하게 움직였다. 경기가 시작되기도 전인데 현장엔 이미 팽팽한 긴장감이 빠르게 차오르고 있었다. 그건 육상 100미터가 불과 10초 이내에 승부가 갈리는 종목이기 때문만은 아니었다. 모두를 긴장시킨 주인공은 따로 있었다. 바로 자타공인 세계 최강자인 미국의 칼 루이스와 떠오르는 다크호스 캐나다의 벤 존슨이었다.

1936년 베를린올림픽에서 제시 오언스가 4관왕을 달성한 이후 미국은 50년간 육상 최강국의 자리를 지켜왔다. 그동안 어느 나라도 미국의 막강한 기록을 넘보거나 빼앗지 못했으므로, 남자 육상 100미터의 왕좌는 미국의 전유물이나 마찬가지였다. 그런데 어느 순간 혜성처럼 등장한 선수가 뿌리 깊은 우승의 역사에 파문을 일으킨 것이다. 그의 이름은 벤 존슨. 캐나다 신예였다. 1년 전, 그는 로마세계선수권대회에서 9초 83이라는 세계신기록을 세우며 칼 루이스를 제쳤다. 미국은 긴장했고 세계는 이 놀라운 신인의 등장에 환호했다. 1988년 서울올림픽에서 칼 루이스가 우승한다면 1984년 LA올림픽에 이어 2연패를 달성하게 된다. 반면 벤 존슨이 칼 루이스를 꺾는다면 미국이 주도하던 육상의 판도는 새로운 국면을 맞이하게 될 것이었다.

경기가 열리기 전부터 매스컴은 두 선수의 스토리를 대대적으로 보도하기 시작했다. 동갑내기였지만 성장 과정이 대조적이었던 둘의 이야기는 경기만큼이나 드라마틱했다. 지금으로 말하자면 금수저와 흙수저의 대결이랄까. 육상선수 출신인 부모님의 재능을 물려받고 태어난 칼 루이스는 어린 시절부터 체계적인 교육을 받으며 실력을 다져온 케이스였다. 재능과 환경의 뒷받침으로 흠잡을 데 없이 뛰어난 선수로 성장한 그를 좌절시킬 만한 것은 딱히 없었다. 그러나 자메이카 출신으로 소년기에 캐나다로 이주한 벤 존슨은 가난한 배달부의 삶을 살았다. 그가 뛰기 시작한 이유는 단 하나. 그저 할당된 물건을 빠르게, 많이 배달하기 위해서였다. 그러다 숙박비와 밥값을 벌기 위해 육상클럽에 가입했고 우연히 그의 재능을 발견한 코치에 의해 빛을 발하기 시작한 것이다. 턱없이 짧은 훈련 기간과 열악한 환경, 부실한 영양으로 고전하면서도 벤 존슨은 기적적인 성장을 이루어내며 칼 루이스의 맞수로 떠올랐다. 그러더니 급기야 85년에서 87년 칼 루이스를 제치고 우승을 거머쥐기에 이르렀다. 그런 일을 누가 예상했을까? 코치는 물론 벤 존슨 자신마저도 믿기 어려운 성과였음은 말할 것도 없었다.

칼 루이스는 서울올림픽 직전 세상을 떠난 아버지 곁에 LA에서 딴 금메달을 묻으며 이렇게 말했다.

"금메달쯤 또 따면 되죠."

과연 늘 이기는 삶을 살아온 사람답게 자신만만한 태도였다. 대중은 승리를 확신하는 그의 당당함에 무한한 찬사를 보냈다. 반면 벤 존슨에게 열광하는 이도 적지 않았다. 아니, 어쩌면 미국을 제외한 대부분의 나라에선 벤 존슨의 승리를 바랐는지도 모른다. 어쨌거나 미국은 올림픽뿐만 아니라 세계적으로도 막강한 부와 권력의 상징이었기 때문이다. 한 번쯤은 무너뜨려 보고 싶은……. 전 세계, 특히 북미 대륙의 뜨거운 관심으로 인해 저녁 시간대의 관행을 깨고 서울올림픽 100미터 결승은 미국과 캐나다의 프라임 타임에 맞춘 대낮에 치러졌다.

경기장에 들어선 선수들은 자신들에게 쏠린 묵직한 시선을 털어내듯 가벼운 동작으로 몸을 풀며 각자 레인에 자리 잡았다. 대형 전광판에 레인 번호와 국가, 선수의 이름이 표시되었다. 칼 루이스는 3번 레인, 벤 존슨은 6번 레인이었다. 드디어 20세기 최고의 빅매치가 열리는 순간이었다.

"제자리에."

구령이 떨어지자 선수들이 스타팅 블록에 발을 얹었다. 관중석의 흥분 어린 술렁임이 순식간에 가라앉고 이내 숨 막히는 고요가 경기장을 가득 메웠다.

"차려."

탕!

기운찬 총성이 서울의 푸른 하늘을 가르며 울렸다.

예상대로 스타트는 반응 속도가 빠른 벤 존슨의 독주였다. 하지만 칼 루이스의 진가는 중반 이후 터져 나오는 폭발적인 스퍼트에 있었다. 승부의 분수령이 다가오자 관중석의 정적은 극에 달했다. 마침내 50미터 지점, 칼 루이스가 치고 나가기 시작했다. 관중석 곳곳에서 짧은 탄성이 터졌다.

“벤 존슨!”

해설자가 외쳤다. 놀랍게도 초반에 기선을 제압한 벤 존슨이 계속해서 속도를 떨어뜨리지 않았다. 칼 루이스와 그의 격차가 점점 크게 벌어졌다. 60미터, 70미터, 80미터……. 칼 루이스가 벤 존슨을 곁눈질했다. 당황한 기색이 역력한 표정이었다.

“아, 벤 존슨. 벤 존슨!”

해설자가 벤 존슨의 이름을 연달아 불렀다. 결승선을 눈앞에 두고 벤 존슨이 칼 루이스를 돌아보며 오른팔을 하늘로 치켜들었다. 승리를 확신하는 미소가 카메라에 잡혔다.

“벤 존슨, 1위! 9초 79, 세계신기록입니다!”

근육질의 검은 피부와 목에 걸린 굵은 금색 목걸이가 햇빛을 받아 눈부시게 빛났다. 관중석에서 우레와 같은 환호성이 쏟아지고 카메라 셔터 소리가 박수처럼 쉴 새 없이 터졌다. 드디어 세계를 제패한 영웅이 탄생한 것이다. 가난한 배달부에서 정상의 자리까지 단숨에 오른 벤 존슨. 그의 승리는 단순한 금메달의 획득을 의미하는 것이 아니었다. 굳건한 강자의 세계와 약하고 가난한 이의 세계가 뒤섞이고 전복될 수 있음을 알리는 사건이었다. 불가능의 벽을 허물고 가능성의 세계를 열어젖힌, 그야말로 진정한 영웅, 벤 존슨. 그로 인해 세계가 뒤흔들리고 있었다. 그 역사적인 사건의 감격은 동시에 대한민국 구석구석으로 퍼졌다.

"야, 배달!"

카운터 맞은편 티브이에 시선을 고정한 소년의 머리를 거친 손바닥이 내리쳤다. 티브이에선 금메달을 목에 건 벤 존슨과 열광하는 관중석이 번갈아가며 클로즈업되고 있었다. 소년은 잠에서 덜 깬 듯 멍한 눈으로 뒤를 돌아봤다.

"상가동 13호 짜장 두 그릇!"

"……."

"뭐해, 임마!"

사장의 두툼한 손이 다시 위로 번쩍 들렸다. 그제야

소년은 목을 움츠리며 주방에서 내놓은 자장면 그릇을 철가방에 후다닥 챙겨 넣었다.

"저 덜떨어진 새끼……."

여지없이 뒤통수로 욕설이 쏟아졌다. 중국집에선 사장이고 주방장이고 할 것 없이 소년을 함부로 대했다.

"왜 자꾸 머리만 때려요!"

소년은 단체석에 모여 앉아 열띤 함성을 지르는 운동부 아이들에게 힐끗 시선을 던지며 퉁명스레 대꾸했다.

"공부할 일도 없는데 머리 좀 때리면 어때, 새꺄."

"내년에 다시 학교 갈 거라고요."

"근데 이게 어디서 꼬박꼬박 말대꾸야!"

카운터로 돌아가려던 사장의 눈길이 험악해졌다. 안 그래도 뒤틀린 심기에 불이 붙은 모양새였다. 올림픽 특수를 노리고 무리해서 대형 텔레비전까지 들여놓았건만, 기대했던 단체 손님은커녕 꾀죄죄한 중학생들을 줄줄이 달고 들어온 육상부 코치라는 작자가 명당자리만 차지하고 있었기 때문이다.

한 마디만 더했다간 배달이고 뭐고 끌려 들어가 죽도록 두들겨 맞을 게 뻔했다. 소년은 입을 다물었다. 머릿수대로 자장면이라도 시켰으면 모를까, 열댓 명 되는 인원이 자장과 짬뽕 합쳐 달랑 다섯 그릇이라니. 사장의 심술이 이해되지 않는 것도 아니었다. 오늘 저녁도 편히 자긴 글렀다고 속으로 툴툴대며 가게 문을 나서던 때였다. 상기된 얼굴로 아이들에게 경기 해설을 늘어놓던 코치가 호탕하게 외쳤다.

"여기, 탕수육 대짜 하나! 고량주도 한 병 주시고."

순간 벤 존슨이 결승선을 통과할 때보다 더 뜨거운 환호성이 터져 나왔다. 언제 그랬냐는 듯 사장이 싹싹한 목소리로 주문을 받았다. 소년의 얼굴에도 그제야 안도의 미소가 번졌다.

올림픽이 한창인 거리는 어딘가 들뜬 기운이 감돌았고, 가을 하늘은 구름 한 점 없이 깨끗했다. 햇볕에 뜨거워진 오토바이에 올라 핸들을 돌리자 부릉, 경쾌한 시동음이 울렸다.

“와 씨, 캡이야, 벤 존슨!”

소년은 혼잣말을 내뱉으며 상가가 밀집한 골목으로 오토바이를 몰았다. 눈은 여전히 꿈을 꾸고 있는 것처럼 허공을 향해 반짝였다. 부주의한 운전이었지만 사고 날 일은 없었다. 동네 구석구석 소년이 모르는 곳은 없었고, 그는 자신이 벤 존슨처럼 빠르게 상가동 13호에 자장면을 배달할 수 있다는 사실만으로 괜스레 가슴이 벅차오르는 것을 느꼈다. 그래, 올해까지만이다. 내년엔 학교로 돌아가야지. 소년은 다짐했다. 그러자 퀴퀴한 땀 냄새를 풍기며 중국집에 죽치고 있던 코치와 육상부 녀석들 틈에 이미 한 자리 차지하고 앉아 있는 듯한 착각이 일었다.

신림동, 고시원

지하철역에서 빠져나온 호달은 좁고 경사진 언덕을 터덜터덜 걸어 올라갔다. 지은 지 족히 삼사십 년은 되었을 듯한 붉은 벽돌의 빌라들이 이어졌다. 금세 이마와 겨드랑이가 축축해졌다. 언제나처럼 구멍가게 앞에 이르러 고개를 젖히고 숨을 골랐다. 금방이라도 삭아 부스러질 듯한 차양 위로 자음과 모음이 하나씩 떨어져 나간 간판이 허옇게 빛바랜 채 매달려 있었다. 이 동네는 모든 게 다 이랬다. 프렌차이즈와 화려한 상점이 즐비한 거리의 뒤쪽, 사람들의 시선이 좀처럼 닿지 않는 고시촌. 이제는 고시생보다 빈민에 가까운 일용직 노동자가 더 많아진 곳. 그 흔한 편의점조차 들어서지 않은 덕에 구멍가게는 운명을 앞둔 노인처럼 골골대면서도 여전히 영업을 이어가고 있었다.

물건을 사지도 않을 거면서 호달은 열린 새시 문 앞에서 어정거렸다. 어두컴컴한 가게 안엔 인기척이 없었다. 문 바로 옆 뽑기 기계 앞엔 아무렇게나 밟아 부서트린 플라스틱 조각이 널브러져 있었다. 조각난 단면이 제법 날카로워 보였다. 장판으로 덮은 평상 위엔 조각조각 잘라 널어놓은 애호박이 초여름 햇볕에 시들시들 말라가고, 몸통 굵은 파리 두어 마리가 그 주변을 요란하게 오고 갔다. 평상 한쪽에 잠깐 앉아 쉴까 하다 고개를 저었다. 앉아 있어봐야 마음만 복잡할 테니 차라리 걷는 게 나을 것 같았다.

구멍가게를 기점으로 오래된 빌라의 행렬이 끝나고 고시원과 원룸이 다닥다닥 이어졌다. 호달이 사는, 아니 오늘 아침까지 살았던 고시원 건물은 언덕을 끝까지 오르고서도 안쪽으로 한 번 더 꺾인 막다른 골목에 있었다. 평소엔 걸어도 걸어도 멀기만 하던 그곳이 오늘따라 금방 눈앞에 나타났다. 호달은 미적거리며 걸음을 늦추다 이내 우뚝 멈춰 서서 건물의 회색 귀퉁이를 바라보았다. 보이지 않는 벽 앞에 선 듯 막막하고 하염없는 표정이었다. 길 쪽으로 내놓은 음식물 쓰레기통을 발톱으로 열심히 긁던 삼색 고양이가 발을 내리고 경계의 눈빛으로 그를 노려봤다. 그러더니 이내 지루하다는 듯 몸을 길게 늘여 기지개를 켜곤 건물 뒤편으로 한가로이 사라졌다.

'좋겠다, 갈 데도 있고.'

그 순간만큼은 고양이가 정말로 부러웠다. 그동안 한 번도 해본 적 없는 생각이었다. 집 없는 처지라면 저나 고양이나 마찬가지일 텐데 어딘가로 향하는 뒷모습에는 미묘한 확신이 서려 있었다. 아마 누구에게도 쫓겨나지 않을 안전한 장소를 물색해놓은 거겠지. 다들 제 앞가림은 하고 사는데 호달은 한 걸음조차 어디로 떼야 할지 알 수 없었다. 이제 고시원에는 그의 방이 없다. 쓰레기통 옆에 나란히 쌓아둔 비닐봉지 중 그의 짐 보따리가 섞여 있을 것이다. 오늘 새벽에 마주친 총무가 내다놓겠다고 했으니 틀림없을 것이다. 인정머리 없는 총무에게 그런 식으로 쫓겨난 사람이 여럿 있었다. 특히 호달처럼 보증금 없이 들어온 경우엔 월세가 한 달만 밀려도 가차 없었다.

총무는 고시원 복도를 오가며 방 손잡이를 불쑥 당겨보는 습관이 있었다. 그가 월세 안 들어온 방만 골라 겨냥한다는 걸 모르는 이가 없었지만, 표면상으로는 고독사 방지 차원의 점검이었다. 실제로 몇 개월 전 옆 고시원에 경찰차와 소방대원이 출동한 일이 있었다. 소동은 십여 분 만에 조용히 마무리되었다. 그러나 그 후, 누군가 들었다는 무전 내용이 입에서 입으로 옮겨지며 괴담처럼 고시촌을 떠돌았다. 주인공은 매번 바뀌었다. 창문 없는 방에서 실내 흡연으로 민원을 일으키던 외국인이라거나 화류계 종사자로 짐작되는 꼭대기 층 여자, 혹은 십 년째 고시 공부만 하다 중늙은이가 된 남자까지. 그래도 고독사 사건이라는 것만은 변하지 않았다.

호달은 죽은 사람이 고시 공부를 하던 남자가 아닐까 추측했다. 어지간히 골초인지 담배를 피우러 나올 때마다 마주치던 그가 어느 순간 보이지 않았기 때문이다. 볼이 움푹 파일 정도로 마른 얼굴과 연기를 내뿜을 때마다 휘청이던 몸은 그 자리에서 당장 쓰러져도 이상하지 않을 만큼 위태로웠다. 희끄무레한 연기를 따라 그의 영혼도 조금씩 빠져나갔던 건 아닐까. 무엇보다 결정적인 건, 경찰들이 왔다 간 후 재활용 쓰레기 틈에 법률에 관한 책 묶음이 끼어 있었다는 점이다. 밤샘 알바를 마치고 고시원으로 들어가던 길에 우연히 그것을 발견한 호달은 멈춰 서서 담배를 한 대 피워 물었다. 안 그래도 텁텁한 입안이 바짝 마르기만 할 뿐 아무런 맛도 느낄 수 없었다. 노끈으로 헐겁게 묶인 책 묶음 위에 담배 끝을 눌러 끄는데 한 권이 바닥으로 툭, 떨어졌다. 뭔가 꺼림칙했다. 그렇지만 막상 모른 척 돌아서자니 남의 일 같지 않아 마음이 편치 않았다. 하는 수 없이 바닥에 떨어진 책을 챙겨 방으로 가지고 올라갔다. 바닥에 놓아두고 냄비 받침으로나 쓸 요량이었다.

고독사 사건 이후 더욱 의기양양하게 문을 열어젖히는 총무를 막을 사람은 없었다. 간혹 여자 투숙객이 비명을 지르며 그를 몰아내거나 했을 뿐이었다. 다행인 건 그나마 그가 잠긴 문을 억지로 열 만큼 무지막지한 편은 아니라는 점이었다. 덕분에 호달은 월세를 건너뛴 후로도 몇 주간 방에 몰래 머무를 수 있었다.

— 급한 일로 지방에 와 있어요. 올라가서 정산해드릴게요.

호달은 납부 기한이 지나자마자 걸려 온 총무의 전화를 피한 후, 밤늦게 짤막한 문자를 보냈다. 언제 올거냐, 인터넷 뱅킹으로 정산 먼저 하라는 답장은 애써 모른척했다. 그러곤 방 안에 틀어박혔다. 남자치고 발끝이 가벼운 총무에게 들키지 않기 위해서는 정신을 바짝 차려야만 했다. 방 안에 있는 동안 불 끄고 문을 꼭 잠그는 건 당연했고, 휴대폰 알림이나 생활 소음을 막기 위해 움직임 역시 최소화했다. 코 고는 소리가 밖으로 새 나갈까 봐 잠도 깊게 자지 않았다. 가장 아쉬운 건 공동 주방에서 무료로 제공되는 밥과 김치였다. 출입이 자유롭지 않은 호달에게 그것들은 그야말로 그림의 떡이었다. 처음 얼마 간은 가지고 있던 라면과 생수를 조금씩 나눠 먹으며 버텼다. 끼니라고 하기엔 턱 없이 부족한 양이었지만 잘게 부순 라면을 오래오래 꼭꼭 씹다 보면 견디기 어려운 허기는 면할 수 있었다. 그러나 곧 피할 수 없는 문제에 부닥치고 말았다. 바로 화장실이었다. 작은 거야 어떻게든 처리한다 해도 큰 건…… 들어가는 양이 적어도 쓸데없이 성실한 몸은 시간에 맞춰 제 할 일을 정확히 해내고야 말았다.

총무가 있는 사무실은 2층 복도가 시작되는 곳에 있었고, 화장실은 반대편 맨 끝이었다. 호달의 방은 화장실에서 고작 7, 8미터 밖에 떨어져 있지 않았다. 다른 방들보다 앞으로 튀어나오게 만든 사무실의 유리 부스만 아니라면 비교적 안전하게 다녀올 만한 거리였다. 부스 앞에 붙여놓은 책상에 앉아 복도를 주시하고 있을 총무를 피하기 위해서는 계획이 필요했다. 방문을 열어 그의 동태를 확인하는 건 너무 무모했다. 가느다랗게 열린 문틈으로 총무와 눈이 마주치는 순간을 상상하자 아찔했다. 궁리 끝에 호달은 이삿짐센터 알바 때문에 몇 번 연락을 주고받았던 옆방 김 아저씨를 생각해냈다. 아저씨는 오후 대여섯 시쯤 일을 마치고 들어와 잠들었다가 늦은 밤이나 새벽에 움직이곤 했다. 총무도 사람이니까 그때쯤이면 잠을 잘 것이다. 그래 봐야 사무실 안쪽 방에 있겠지만 타이밍을 잘 맞추고 소리를 죽인다면 급한 볼일 정도는 해결할 수 있을 거였다. 꾸르륵 소리를 내면서 뒤틀리는 배를 붙잡고 기다리는 일은 고역이었다. 벽에 귀를 대고 휴대폰으로 시간을 확인해가며 초인적 인내심을 발휘한 호달이 마침내 인기척을 포착하고 김 아저씨에게 문자를 보냈다.

— 아저씨, 혹시…… 사무실에 누구 없어요? 제가 밖이라 확인할 수가 없어서요.

다행히 답이 빨랐다.

— 사무실 불 꺼졌던데.

— 확실해요?

— 방금 담배 피우고 들어오면서 봤어. 왜 총무 깨워
줘?

— 아니요, 괜찮습니다. 쉬세요.

역시 죽으란 법은 없었다. 호달은 식은땀이 맺힌 이
마를 훔치고 조용히 방문을 열었다. 김 아저씨 말대로
복도 끝 사무실엔 불이 꺼져 있었다.

그날 이후로 호달은 점차 대담해졌다. 그러지 말고
조심했어야 했다. 아니, 조심했더라도 언제까지고 총
무를 피해 고시원에 머무를 수 없다는 걸 알고는 있었
다. 그런데도 막상 그와 대면한 순간은 절망적이었다.
총무에게 덜미를 잡힌 건 열 시간 전, 그러니까 오늘
새벽이었다. 창문도 없는 방에서 종일 시간을 죽이던
호달은 언제나처럼 총무가 깊이 잠들었을 시간을 틈
타 방을 빠져나왔다. 화장실에 들러 참았던 볼일을 해
결하고 빈속을 채우기 위해 계단을 통해 공용 주방이
있는 3층으로 살금살금 올라갔다. 양손에는 칸이 나뉜

빈 반찬통과 물을 채울 페트병이 들려 있었다. 식사를 챙길 기회는 하루 한 번 딱 그 시간뿐이었으므로 밥과 김치를 담을 수 있는 만큼 최대한 꾹꾹 눌러 담아야 했다. 가끔 그것만으로 부족한 날엔 냉장고 안에 호수별로 보관 중인 반찬들을 티 나지 않게 조금씩 덜어내기도 했다. 쥐 죽은 듯 고요하고 컴컴한 복도를 지나 주방에 도착한 호달이 벽을 더듬어 스위치를 켰다. 팟, 하고 불이 들어왔다. 그리고 그와 동시에 자기도 모르게 괴상한 비명을 지르며 뒷걸음질 치고 말았다.

총무였다. 그는 냉장고 옆에 팔짱을 끼고 비스듬히 서 있다가 불이 켜지자 몸을 쑥 내밀었다.

"오랜만이네. 뭘 그렇게 놀라?"

"그게……."

"요즘 반찬 도난 신고가 자꾸 들어와서 잠을 잘 수가 없네."

"아……."

"몰랐어? 그래서 요 위에 시시티브이를 달았거든."

총무는 주방 천장을 손가락으로 가리키며 능글맞게

웃었다.

“저는…… 지, 지방에…….”

“맞다! 무슨 급한 일이라고 했나? 그래도 그렇지, 보름이 지나도록 월세를 안 보내면 쓰나.”

“…….”

“오늘 오전 중으로 정산하자. 안 그러면 짐 빼는 거 알지?”

“아…… 저, 실은…….”

뭐라 변명을 하기도 전에 총무는 호달 손에 들린 반찬통을 빤히 바라보며 말을 끊었다.

“아냐, 됐어. 밥 먹으러 왔나 본데 어서 먹고, 쉬어. 나는 사무실 가서 시시티브이 좀 돌려봐야 되거든. 어떤 양심 없는 시키가 쥐새끼처럼 남의 반찬을 몰래 빼먹는지.”

결국 그렇게 되었다. 월세에 대한 이야기를 하지 못한 찜찜함과 답답함이 호달의 마음을 짓눌렀다. 하지만 이왕 이렇게 된 거 배부터 채우고 보자는 심산으로 전기밥통에 남아 있던 밥을 싹싹 긁어 큰 그릇에 담았다. 그러곤 냉장고 안의 반찬들을 죄다 꺼내 밥 위에 붓고 비볐다.

‘먹자, 먹어. 먹고 죽은 귀신 때깔도 좋다던데.’

한동안 굶주린 상태로 지냈던 터라 한 숟가락 떠넣기도 전에 주책없이 침이 고였다. 호달은 마치 먹는 것만이 유일한 해결책이라도 된다는 듯 전투적으로 밥을 퍼먹었다.

납골당의 유령

열어놓은 반찬통과 그릇으로 난장판이 된 테이블 앞에 멍하니 앉아 있던 호달은 희부옇게 동이 터오는 아침에 무작정 고시원을 나섰다. 비닐봉지에 담긴 짐과 함께 쓰레기처럼 내몰리고 싶지는 않았기 때문이다. 걸을 때마다 신트림이 꺽꺽 올라왔다. 미처 소화 안 된 신김치와 콩자반, 불고기 냄새가 입안을 맴돌았다. 미간을 찡그리며 바지 주머니에서 담배를 꺼내 불을 붙였다. 옅은 안개 사이로 담배 연기가 향처럼 길게 솟아올랐다.

"아, 맞다!"

그제야 호달은 할머니의 기일이 가까워졌다는 사실을 떠올리고 휴대폰을 꺼내 들었다. 6월 29일. 이미 하루가 지나 있었다. 그렇다는 말은 오늘이 바로 아버지 기일이라는 뜻이었다. 할머니와 아버지의 기일이 하루 차이인 건 우연이라고 할 수 없었다. 호달은 아들의 제사를 준비하느라 가스불을 켜놓은 채 깜빡 잠든 할머니를 떠올리며 담배 연기를 길게 내뿜었다. 문득 할머니가 그리웠다. 기일도 잊어버린 못된 손자라 하늘이 벌을 내리는 건지 모르겠다. 그렇지만 나만 혼자 두고 간 건 너무했잖아. 그것도 갑자기……. 미안함과 원망, 외로움이 마음속에서 뒤엉켰다. 호달은 무거운 걸음으로 지하철역으로 향했다.

납골당은 신림역에서 지하철로 한 시간 거리에 있었다. 중간에 3호선으로 갈아탄 후 내려서 더 들어가는 곳인데, 버스 노선이 닿지 않아 차가 없으면 꼬박 30분을 걸어야 하는 코스다. 그래도 아버지 기일마다 음식을 바리바리 싸 들고 할머니와 오가던 길이라 익숙했다. 호달은 대로변을 지나 납골당으로 이어진 외길로 접어들었다. 정비 안 된 인도의 울퉁불퉁한 보도블록과 계절에 어울리지 않게 앙상한 가로수, 군데군데 흉가처럼 버려진 빈집들이 눈에 들어왔다. 길이 원래 이랬나? 그는 고개를 갸웃했다. 이전에는 미처 느끼지 못했던 스산함이 피부를 파고들었다.

소중한 이의 마지막 안식처 이터널 하우스입니다.

"칫! 안식처는 무슨……."

허름한 입간판이 덩그러니 세워진 입구에 이르러 호달이 중얼거렸다. 안식처라는 말에 불쑥 심사가 뒤틀렸다. 살아서도 편히 발 뻗어본 적 없는 사람이 죽어서라고 별다를까. 그런 생각은 유리문을 밀고 안으로 들어서자 더욱 뚜렷해졌다. 지하실처럼 어두침침한 직사각형 로비를 빙 두르며 층층이 쌓인 안치실, 좁은 복도, 숨 막히게 무거운 공기, 안내인조차 없는 빈 안내데스크까지. 안식처라기보다 버려진 묘지에 더 가까운 곳. 해가 뜨기 무섭게 열기와 소음으로 터질 듯 부풀어 오르는 바깥에 비해 여기는 지나치게 조용하고 음산했다. 입구 문에 붙어 있던 종 모양 풍경 소리마저 잦아들고 나자, 살아 있는 존재라곤 호달뿐인 것 같은 적막이 찾아왔다.

호달은 짧게 숨을 한 번 내쉬고 중앙 계단을 올라갔다. 복도를 따라 다닥다닥 붙은 안치실들이 눈에 들어왔다. 방마다 문이 없다는 걸 빼면 일률적인 모양과 크기, 빡빡한 밀집도가 고시원과 꼭 닮아 있었다. 호달이 방을 하나씩 지날 때마다 빼곡한 사진 속 시선들이 일제히 그를 향했다. 마치 자신들을 그 좁은 곳으로 밀어 넣은 것이 호달이라는 듯 원한 서린 눈빛이었다. 그는 팔뚝을 스치며 오소소 일어나는 잔소름을 애써 무시하려 주머니에 양손을 찔러넣고 안쪽 깊숙한 곳으로 걸어 들어갔다.

두어 평 남짓한 방과 그 안을 더 잘게 나누고 있는 칸들, 그중에서도 제일 아래 칸에 할머니의 유골함이 있었다. 정확하게 말하면 아버지의 유골함이지만 일

년 전, 호달이 그 안에 할머니의 뼛가루를 몰래 부어 넣었다. 당시의 그로서는 최선의 방법이었다. 그나마도 가능했던 건 미리 연락해서 약속을 잡지 않는 이상 직원이 나타나지 않는 관리 시스템 덕분이었다. 안치함을 여닫는 과정마저 허술해 작은 열쇠를 개인에게 미리 지급하곤 끝이었다. 계약 기간 동안 누구나 할당된 안치함을 사물함처럼 열고 닫을 수 있었다. 대신 도난의 책임 역시 사용자에게 돌아갔다. 가격은 낮추고 관리를 최소화한 그야말로 가난한 망자에게 최적화된 시설이라고나 할까.

'평생 한방에서 산 가족이니까 뭐 특별히 나쁠 건 없지 않을까?'

아버지의 유골함에 할머니를 조심스럽게 들여보내며 호달은 생각했었다. 아니, 오히려 할머니는 좋아하고 있는지도 모른다. 일찌감치 보낸 외아들과 재회한 셈이니 말이다.

아버지는 지금의 호달보다 어린 나이에 버스에 올라 결국 버스에서 생을 마감했다. 어느 새벽 서울로 올라오는 인적 드문 고속도로에서 아버지의 버스와 맞은편 트럭이 충돌했다. 반주를 한잔한 상대편 기사가 깜빡 졸았던 것이다. 버스는 트럭과 충돌한 후 한 바퀴를 돌아 도로 바깥으로 튕겨 나갔다. 술을 마신 사람은 살았고 아버지는 죽었다. 입에서 술 냄새를 풍기면서도 운전자는 자신의 과실은 없었다고 뻔뻔하게 주장했다. 그게 할머니가 호달에게 들려준 아버지의 죽음이었다. 그러나 그게 전부가 아니라는 걸 호달은 알고 있었다.

호달이 맨바닥에 쪼그리고 앉아 무릎을 세웠다. 유골함 앞에는 할머니와 아버지의 사진이 나란히 놓여 있었다. 반쯤 열린 가게 문 안에서 국수 다발을 들고 서 있는 할머니의 앙다문 입술이 얼핏 웃음을 참고 있는 것처럼 보였다.

"나, 왔어요. 빈손이라 미안."

돌아오는 대답은 없었다. 사진 앞에 작은 무덤처럼 쌓인 누룽지 사탕을 물끄러미 바라보았다. 작년에 그가 올려놓았던 것이다. 극성스럽게 국수를 파느라 끼니를 거르던 할머니가 밥 대신 먹던, 가끔 재료를 손질하다 골똘한 표정으로 와드득 깨물던, 호달이 마렵지도 않은 오줌을 짜내는 동안 입안에서 서서히 녹아 없어지던 누룽지 사탕. 어쩌면 아버지도 운전하는 동안 입에 물고 있었을 것이다. 그랬다면 아버지는 누룽지 사탕을 녹여 먹었을까, 깨물어 먹었을까. 그런 생각을 하다 호달은 뒤늦게 자세를 고쳐 무릎을 꿇었다. 천천히 절을 한 번 하고 일어나 또 한 번 절했다. 바닥을 짚은 손바닥으로 찬 기운이 짜르르 올라왔다. 소주라도 한 병 있으면 올리고 싶었지만 영혼이 된 후에도 할머니나 아버지가 술을 반길 리는 없으니 딱히 서운할 일은 아니었다. 그런데도 왠지 마음이 헛헛했다. 불과 몇 시간 전에 꾸역꾸역 밀어 넣은 새벽밥은 신트림 한 번에 다 꺼져버린 듯했다. 그는 바지 뒷주머니에 꽂아둔 지갑을 뒤져 안치함의 열쇠를 찾아냈다.

딸깍, 유리문이 열리고 안쪽으로 손을 뻗은 호달이 누룽지 사탕 하나를 꺼내 껍질을 벗겼다. 비닐 포장이 사탕에 딱 달라붙어 잘 떨어지지 않았다. 귀신은 소리에 민감하다던데. 바스락대는 소리가 유독 크게 울리는 것 같아 신경이 곤두섰다. 비좁은 단지 안에 갇혀 있느라 잔뜩 약이 올랐을 영혼들을 자극하고 싶지 않아 서둘러 비닐을 떼어내고 사탕을 입에 넣었다. 단단한 사탕 표면이 혀에 닿자 턱 언저리가 시큰해지며 침이 고였다. 오랜만에 맛보는 달콤함이었다. 재빨리 하나를 더 까서 입에 넣고 남은 사탕을 한 움큼 집어 주머니에 넣었다.

"배고파서 그래."

그는 변명하듯 할머니 사진에 대고 웅얼댔다.

연달아 두 개를 먹고 세 번째 사탕을 깨물었을 때였다. 달고 고소한 침과 부서진 사탕 조각이 한꺼번에 목으로 넘어가다 사레가 들리고 말았다. 순식간에 기침이 터져 나왔다. 입을 다물고 숨을 고르려 애썼지만 그럴수록 목구멍만 더 쓰라릴 뿐이었다. 으헉, 켁켁켁! 밖으로 내뱉어야 할 호흡이 식도를 타고 안으로 들어왔고 얼굴이 시뻘겋게 달아오르면서 눈가에 눈물이 맺혔다.

이그, 사탕 하나 제대로 못 먹는 등신아, 이제 어떻게 살래.

억지로 침을 모아 삼키며 쿨럭대다 보니 누군가 그렇게 한탄하며 묻는 것 같았다. 하지만 뭐라고 대답할 도리도 정신도 없었다. 석 달이나 밀린 피시방 알바비는 떼어먹힌 거나 다름없었고, 마지막 남은 돈을 긁어모아 월세를 낸 후 전전긍긍하다 김 아저씨 대타로 나간 포장 이사 현장에서는 욕만 실컷 먹고 일당도 챙기지 못한 채 돌아왔다. 배달 기사라도 해볼까 싶어 대행업체에 연락해봤지만 원동기 면허 소지자가 아니면 등록비 이십만 원을 선입금해야 한다는 말에 포기하고 말았다. 무엇을 하든 밑천이 필요했다. 등록비든 체력이든, 일머리나 눈치든. 호달은 무엇 하나 마땅히 가진 것이 없었다. 이제는 돌아갈 방마저 없어졌으니 그야말로 죽은 사람만 못한 인생이었다. 그러자 방 안에 갇혀 죽은 듯 지내던 지난 몇 주간의 기억이 물밀듯 밀려왔다.

"오죽하면 이래, 내가?"

눈꼬리에 눈물이 맺히고 잇새로 참았던 울음이 흘러나왔다. 왜 이러지 싶으면서도 한편 후련한 마음에 그는 허어억, 소리까지 내며 눈물을 쏟아냈다.

그렇게 얼마나 울었을까. 울음이 흐느낌으로 잦아들 무렵 복도 쪽에서 인기척이 들렸다. 그새 누가 들어왔나? 지금껏 납골당을 찾으며 누군가와 마주친 기억은 없었다. 여기야말로 살아서도 죽어서도 찾는 이 없는 존재들의 집합소 같은 곳이었기 때문이다. 게다가 문을 열 때마다 울리는 입구의 풍경 소리도 없었는데……. 호달은 콧물을 들이마시며 귀를 세웠다. 발소리는 느리고도 끈질기게 가까워졌다. 그러다 바로 옆까지 와선 뚝, 끊겼다. 돌연한 정적과 함께 눈앞으로 엷은 그림자가 드리워졌다. 그림자를 따라 소심하게 옮긴 시선 끝에 낡은 운동화 앞코가 보였다. 뭐지? 머쓱하고 조금은 으스스한 기분으로 굳어 있기를 3분, 5분, 아니 더 됐을까. 그림자의 주인은 다른 곳으로 움직이지도 그렇다고 안으로 들어오지도 않은 채 우뚝 서서 호달을 내려다보고 있었다.

'이씨, 어쩌자는 거야!'

제법 당찬 속엣말과 달리 숙인 머리통과 목덜미를 서늘한 시선이 짓누르고 있는 것 같아 고개를 들 수 없었다.

"사람이 경황없이 죽으면 이승에 남아 동행할 이를 찾는다네……."

문득 어릴 적 아버지 장례식에 왔던 누군가가 옆 사람에게 속닥였던 말이 떠올라 귓가를 맴돌았다. 아버지가 죽은 후 줄곧 유령처럼 따라다니던 그 말 때문에 호달은 시도 때도 없이 오줌을 싸곤 했다. 잠을 자다가, 티브이를 보다가, 심지어 밥을 먹다가도 쌌다. 속옷과 바지 앞섶으로 뜨겁게 번져 나오던 오줌은 언제 그렇게 뜨거웠냐는 듯 순식간에 식어 체온을 떨어뜨렸다. 아무리 다리를 벌리고 어기적거려도 차갑고 뻣뻣한 옷감이 살에 닿으면 온몸에 소름이 돋았다. 그럴 때면 꼭 귀신이 된 아버지가 다리를 더듬는 것 같았다. 아들 잃은 슬픔만큼, 아니 그보다 더 지독한 지린내 나는 빨랫감의 무게를 줄이기 위해 할머니는 짬이 날 때마다 호달을 화장실에 데리고 갔다.

웅크린 어깨와 다리, 목이 뻐근해졌다. 기침하느라 흘린 식은땀이 증발하며 이마도 차가워졌다. 혹시 이 방에 새로 들어온…… 자기가 죽은 줄도 모르고……? 안치실 안의 영정사진들과 그림자 주인의 얼굴을 비교해보고 싶었지만 차마 용기가 안 났다. 영혼과 눈을 마주치면 죽는다는 말을 어디선가 들은 기억이 났기 때문이다. 호달은 공연히 눈알을 굴리며 바닥을 노려보다 눈을 꽉 감았다. 차츰 체온이 떨어지며 어릴 때처럼 아랫배에 짜르르한 요의가 퍼졌다.

'아, 어떡하지.'

또다시 머릿속에서 누군가 한탄하는 소리가 들렸다.

이 등신아…….

이제는 정말 한계였다. 울고 싶은 심정으로 그는 감각이 없어진 왼쪽 다리를 움찔대며 살그머니 눈을 떴다. 마침내! 그림자가 사라지고 없었다. 재빨리 저린 다리를 짚고 일어섰다.

복도로 몇 걸음 걸어 나왔을 때였다. 뒤에서 운동화의 고무 밑창과 바닥이 마찰하는 소리가 들려왔다. 뭔가를 힘주어 뒤트는 것 같은 기괴하고도 큰 울림이었다. 긴장감이 사타구니 부근까지 찌르듯 번져왔다.

"사람이 경황없이 죽으면…… 동행할 이를 찾는다네……."

분명 이 건물 안에 사람은 호달뿐이었다. 아무리 되짚어봐도 그게 맞았다. 방들을 지나치며 보았던 죽은 이들의 시선을 떨치려는 듯 속도를 높여 걸었다. 그러자 뒤따르는 소리도 커지며 더욱 빨라졌다.

뽀득, 뽀드득, 뿌드드드득!

맥박이 빠르게 치솟고, 당장이라도 터질 듯 방광이 팽팽해졌다.

"안 돼, 가! 저리 가라고! 따라오지 마!"

호달은 양팔을 휘저으며 절뚝이는 걸음으로 출입구를 향해 미친듯이 달음질쳤다.

불법 촬영의 그물

"반찬은 먹지 말걸."

결국 돌아올 곳이라곤 새벽에 내쫓긴 고시원뿐이었다. 호달은 완고하게 몸을 틀고 앉은 건물의 입구를 바라보며 새벽에 자신이 먹어치운 반찬의 주인들을 떠올렸다. 그중 몇은 은밀히 좁은 방 한구석을 내줄 수도 있었을 텐데……. 그러나 총무뿐 아니라 그들에게까지 미운털이 박힌 이제는 손톱만 한 아량조차 기대할 수 없는 처지가 되고 말았다. 아니, 아량은커녕 지금 당장 누구라도 마주치면 한 대 맞을 각오를 해야 할 판이었다. 호달은 쓰레기통 옆에 세워둔 커다란 비닐봉지로 다가갔다. 아니나 다를까 봉지 안에선 익숙한 물건들이 뒤죽박죽 섞인 채 주인을 기다리고 있었다. 그 상태로 며칠 두면 이 사람 저 사람이 필요한 물건을 빼가고, 마지막까지 남은 건 쓰레기봉투 행이 될 것이다. 그러고 나면 이곳에서 호달의 흔적은 깨끗이 사라지게 된다. 얼굴을 기억할 수조차 없이 많은 사람들이 그렇게 고시원을 거쳐 떠나갔다. 깨진 아스팔트 사이로 삐죽 솟은 민들레를 발끝으로 툭 찼다. 희끗한 먼지 뭉치 같은 홀씨들이 여기저기로 어지럽게 흩어지며 날아갔다.

휴대폰을 꺼내 통장에 입금된 돈이 있는지 확인했다. 언덕을 오르기 직전에도, 지하철역에 내려서도 확인했지만 혹시나 하는 마음에 잠깐 기대를 걸어본다. 역시나 잔고는 단돈 1,670원, 현금인출기로 인출할 수도 없는 단위의 돈이었다. 피시방 매니저에게 전화를 건다. 지루한 신호가 이어질 뿐 응답이 없다. 다시 한번 건다. 신호가 가기 무섭게 끊긴다. 다음은…… 걸어

보지 않아도 뻔했다. 어차피 밀린 알바비 받기는 글렀으니 그 돈만큼 피시방에서 먹고 자며 버팅길까 생각해본다. 나쁘지 않은 방법이다. 다만 조폭 출신이라는 매니저의 해코지를 이겨낼 깡다구가 있다면 말이다.

'진짜 해? 말아?'

휴대폰을 만지작거리며 경사진 길을 도로 내려가는 호달의 가슴이 두근거렸다. 그러느라 뒤에서 오토바이가 빠르게 돌진해 오는 걸 미처 알아채지 못했다.

빽, 빼애액!

등 뒤에서 발악하듯 울부짖는 경적 소리에 놀란 호달이 어어, 하며 주춤거리는 순간 누군가 그의 한쪽 어깨를 거칠게 잡아당겼다. 그는 허공을 향해 허우적대다 중심을 잃고 바닥을 몇 바퀴 굴렀다. 오토바이가 스칠 듯 아슬아슬하게 지나치며 또다시 길게 경적을 울렸다. 눈앞이 어찔했다. 그때였다.

"이봐, 죽으려고 작정했어!"

성난 목소리로 바락 내지르는 고함에 호달은 머리통을 감싼 손을 풀고 고개를 들었다. 몇 발짝 옆에 함께 넘어진 남자가 씩씩대며 그를 노려보고 있었다.

"죄, 죄송, 아니 감사합니다."

호달은 저만치 떨어진 휴대폰을 챙겨 일어서며 감사도 사과도 아닌 말을 우물거렸다. 남자도 손을 털며 따라 일어섰다. 폼새로 보아 딱히 다친 데는 없는 것 같았다. 그래도 왠지 미안해 고개를 꾸벅 숙여 인사하곤 몸을 돌렸다. 그러자 남자가 재빨리 호달을 막아섰다.

"어쭈, 그냥 가게?"

"예?"

"나, 기억 안 나?"

"누구······."

"허참! 나 찍었잖아, 지하철에서."

"지하철, 지하······."

흐릿한 눈으로 남자의 말을 천천히 곱씹던 호달은 마침내 번뜩 지하철 안에서의 일을 떠올렸다.

"아! 그 2호선 빌러······ㄴ."

어쩐지 낯이 익다 싶었는데 맞은편 의자에 앉아 종이를 들고 있던 바로 그 남자였다.

"빌, 뭐?"

"아, 아니에요."

"허락도 없이 불법 촬영하고 내빼길래 따라왔더니, 여기 사나 봐?"

소리 없이 입꼬리를 비틀어 올리며 웃는 남자의 표정은 확실히 불길한 조짐이었다. 뱃속 깊은 곳에서부터 난데없는 체기가 올라왔다. 왜 나쁜 일은 한 번에 일어나는 걸까. 그것도 하필 오늘 같은 날에…….

불과 몇 시간 전, 귀신인지 사람인지 모를 그림자에 쫓겨 허둥지둥 지하철역까지 내달린 호달은 마침 들어오는 열차에 바로 올랐다. 그러고는 곧 혼곤한 잠에 빠졌다. 새벽부터 잠을 설친 데다 예기치 않게 놀란 탓이었다. 전후좌우로 고개를 끄덕여가며 졸다 아슬아슬하게 갈아탄 2호선에 자리를 잡고 앉자, 맞은편에 한 남자가 자리를 잡았다. 남자는 자리에 앉자마자 들고 있던 종이를 무릎 위에 올려놓고 손으로 다림질하듯 쫙쫙 펼치더니 볼펜을 꺼내 뭐라고 적기 시작했다.

호달은 다시 눈을 감았다. 그러나 무지근하게 가라앉은 몸과 달리 정신이 또렷해졌다. 불현듯 오늘부로 홈리스가 된 자신의 처지가 떠올랐기 때문이다. 어차피 돌아갈 집도 없는데 뭣 하러 기를 쓰고 2호선으로 갈아타기까지 한 거지. 그러자 눈꺼풀 안쪽의 어둠이 열차의 덜컹거리는 소리를 따라 더 짙어지는 느낌이었다. 결국 잠자기를 포기한 그가 게슴츠레 눈을 뜨고 휴대폰을 꺼내 들었다. 이제는 습관이 된 듯 은행 입금 내역을 확인하고, 피시방 매니저의 전화번호를 노려보다 연락할 만한 친구 목록으로 옮겨갔다. 죄다 고만고만한 사정에, 막상 돈 얘기를 꺼내자니 서로 간의 친분을 따져보게 되는 애매한 이름들뿐이었다. 길고 긴 한숨이 절로 새어 나오고 목과 어깨가 뻐근해졌다. 고개를 뒤로 한껏 젖혔다가 좌우로 휙휙 돌렸다.

벤 존슨
100미터 9.98

그러다 맞은편에 종이를 든 채 눈을 감고 있는 남자를 보았다. 꾸깃꾸깃한 종이에는 볼펜으로 흐릿하게 글씨가 쓰여 있었다. 벤 존슨? 갑자기 튀어나온 익숙한 이름에 호기심이 일어 그를 찬찬히 훑어보았다. 이마가 조금 벗어지고 깡마른 체형의 평범한 중년이었다. 검고 헐렁한 셔츠와 바지를 입고 있었는데 유난히 손목이 가냘파 가벼운 종이 한 장마저 무거워 보였다. 9.98…… 아닌데? 미심쩍은 마음으로 기억을 더듬었다. 돈 생각에 머리가 복잡해서인지 정확한 수치가 떠오르지 않았다. 플랫폼에 도착한 열차의 문이 열리고 몇 사람이 바쁘게 올라탔다. 에이, 모르겠다. 저런 게 뭐가 중요하다고. 호달은 남자와 그의 손에 들린 종이를 물끄러미 바라보다 이내 휴대폰으로 시선을 되돌렸다. 지금으로선 휴대폰에 남아 있는 친구 목록만이 유일한 밑천이었다. 그 안에서 어떻게든 희망의 끈을 찾아내야 했다. 뭐라고 첫인사를 시작해야 자연스러울까? 잘 지내지? 오랜만이다, 게임 한 판 하실……. 일대일 톡은 좀 부담스럽나? 한참 진지하게 고민을 하는데 앞에서 작은 소동이 일었다.

"아가, 그거 아저씨 거야. 놓자."

"아니야~ 이거 이거, 티니핑!"

너덧 살쯤 되어 보이는 아이가 남자의 종이를 잡고 있었다. 광고지인 듯한 종이 뒷면에 인쇄된 캐릭터가 시선을 끈 모양이었다. 아이 엄마가 당황한 듯 팔을 잡아당겼지만 아이는 종이 끄트머리를 꽉 쥐고 놓지 않았다. 여전히 눈을 감고 있는 남자는 모른 척 고집스럽게 종이를 들고 있었다. 그러나 얇디얇은 팔목이 뜻밖의 저항을 만나 미세하게 떨리고 있다는 걸 알 수 있었다. 주변을 힐끗 살폈다. 그 사실을 알아챈 사람은 아무도 없는 듯했다. 누군들 남 일에 관심이 있을까, 제 몸 하나 챙기기도 바쁜 세상에. 호달은 가장 최근까지 연락했던 단톡창을 열었다. 재수학원에서 만나 술 마시고 게임만 하던 루저들의 톡방이었다. 그나마 제일 만만한 친구들이 모여 있는 곳이다. 과연 수중에 돈이 있을지가 문제였지만 말이다. 호달은 미간을 한껏 찌푸리며 고민하다 가까스로 한 문장을 보냈다.

─ 뭐 하냐 다들? 요즘 겜 안 하냐.

그러나 말풍선 옆 숫자는 요지부동이었다. 누구라도 반응해야 다음 말을 이어갈 텐데. 하긴 최근이라고 해도 몇 개월이 훌쩍 지났으니……. 지루하고 초조한 마음을 가라앉히려 가볍게 숨을 내뱉었다. 그때였다. 날카로운 아이의 비명이 귓속을 파고들더니 이내 대성통곡으로 변했다.

"아저씨, 애가 놀라잖아요!"

"그러게, 애 교육을 똑바로 시켜야 할 거 아뇨!"

결국 종이를 두고 은근히 실랑이 중이던 아이와 남자 사이에 일이 터지고 만 것이다. 남자는 귀퉁이가 찢겨나간 종이를 아이와 엄마 얼굴에 대고 흔들며 호통을 쳤고 아이 엄마도 도끼눈을 뜨고 맞섰다.

"아저씨가 지하철에서 종이를 그렇게 들고 있으니까 그런 거 아니에요. 여기서 교육이 왜 나와요!"

"지하철이야 내 돈 내고 내가 탔는데 뭘 들고 있든 자유지!"

고요하던 주변이 술렁였다. 안 그래도 심란해 죽겠

는데 왜 코앞에서 싸움질일까. 들고 있는 건 자유일지 몰라도 공공장소에서 소리 지르고 싸우는 것까지 자유는 아니다. 도대체 저런 인간은 어디서 자꾸 나오는 거지. 한창 일할 시간에 저러고 돌아다니는데 먹여주고 재워주는 사람이라도 따로 있나. 안간힘을 다해도 생계가 막막한 사람이 있는데…… 생각할수록 짜증이 치밀었다.

"버리자, 버려. 이건 지지야."

아이 엄마가 우는 아이의 손을 벌려 종잇조각을 빼내며 말했다. 그 말에 발끈한 남자가 자리에서 벌떡 일어섰다.

"사과는 못 할망정, 말하는 뽄새 좀 보게!"

멀찍이 앉아 휴대폰에 코를 박고 있던 여자 하나가 카메라 렌즈를 남자 쪽으로 드는 게 보였다. 원치 않게 눈앞에서 싸움 구경을 하게 된 호달도 조용히 들고 있던 휴대폰의 카메라를 켰다. 저런 진상은 동영상으로 찍어서 악플이라도 실컷 받게 해야 분이 풀릴 것 같았다.

“우리 동방예의지국이 언제부터 이렇게 지 멋대로가 됐냐. 어른 공경할 줄도 모르고, 어!”

동방예의지국 좋아하네. 호달은 속으로 코웃음을 쳤다.

“이봐요, 그만해요. 나이도 먹을 만큼 먹은 사람이!”

누군가 남자를 향해 소리쳤다.

“뭐야?”

이제 남자는 아이 엄마뿐 아니라 승객 전부와 싸움을 벌이는 중이었다. 여기저기서 작게 욕하는 소리가 들렸다. 순찰대가 강제로 남자를 끌어내기 전까지 답이 없을 것만 같았는데, 상황을 종료시킨 건 뜻밖에 엄마에게 붙들려 울던 아이였다. 손에 쥔 종잇조각을 뺏긴 아이는 남자에게서 남은 종이를 뺏으려다 생각대로 되지 않자 작은 주먹을 그의 급소에 야무지게 꽂아넣었다. 헉! 소리를 내며 남자가 그 자리에 주저앉았다. 아싸, 대박! 돈 걱정이며 짜증이 단숨에 날아가는 기분이었다. 호달은 허리를 숙이고 쩔쩔매는 남자의 모습을 마저 찍고 잠잠한 단톡방에 올렸다. 제목은 ‘2

호선 빌런 참교육하는 유딩'이었다. 이만하면 적어도 한 명은 걸리겠지. 돈은 둘째치고 일단 반응이라도 오길 기대하는 마음으로 그는 신림역에서 내렸다.

"어이, 왜 말이 없나? 혹시 그냥 내빼려는 건 아니지?"

호달이 멍하니 서서 기억을 더듬는 동안 남자가 슬슬 시비를 걸어왔다.

"사람 잘 못 보셨어요."

생각지 못한 공격에 당황한 호달은 일단 돌파를 시도했다. 남자는 예상했다는 듯 픽 웃었다.

"내가 지하철역에서부터 쫓아왔는데, 무슨 말 같지도 않은 소리야."

"아니라고요, 저."

"얼씨구!"

호달이 옆으로 빠져나가려고 하자 남자가 호리호리한 몸에 힘을 주고 버티며 목소리를 높였다.

"젊은 사람이 말이야, 할 짓이 없어 불법 촬영이나

하고 말이야, 이래도 되는 거야, 엉?”

머리가 지끈 아파왔다. 안 그래도 고시원이며 피시방 알바비며 해결 못 한 문제로 꽉 찬 머리가 더 복잡해지는 기분이었다. 어떻게든 이 골치 아픈 상황에서만이라도 벗어나고 싶은 마음뿐이었다.

‘씨발, 나만 찍은 것도 아닌데 내가 그렇게 만만해! 왜 다들 못 잡아먹어 안달이냐고. 총무고 피시방이고 뭐고 다 망해버려라!’

머릿속에 정신 나간 사람처럼 한탄의 랩이 쏟아지던 순간이었다. 어두침침한 상가 화장실에서 억지로 오줌을 짜내던 어린 호달을 문밖에서 지키던 할머니가 입버릇처럼 당부하던 말이 불쑥 떠올랐다.

“자고로 이유 없는 무덤이 없는 것이고, 처녀가 애를 배도 할 말이 있는 세상이다. 그러니 설사 니가 사람을 죽였다고 해도 배부터 내밀고 봐야 하는 거야. 일단 아무 거라도 찍어다 붙이면 그게 이유도 되고 사연도 되고 하는 것이니, 절대 어디 가서 기죽지 말고 할미 말만 명심해라. 악착같아야 산다.”

조용하고, 차분하고, 길기까지 한 그 시간에 할머니는 아마 그에 걸맞은 교훈을 가르쳐야 한다고 생각했던 모양이다. 어린 호달은 빈 소변기를 노려보며 네, 네, 건성으로 대답하곤 했다. 누렇게 오줌 때 낀 소변기의 나프탈렌만큼이나 소용없을 것 같던 할머니의 교훈이 이렇게 진가를 발휘하게 될 줄이야.

호달은 마음을 가다듬고 아랫배에 힘을 넣은 뒤 허리를 꼿꼿이 폈다. 남자의 키가 생각보다 작아 다행이었지만 타고난 소심함 때문인지 쉽사리 입이 떨어지지 않았다. 지하철 안에서 전 승객을 상대로 패악을 부리던 그의 모습이 아직 생생했다. 더군다나 영상을 찍은 게 사실이기도 했으니 은근히 찔리는 마음도 없지 않았다.

"내, 내가 찍었다는 증거 있어요?"

"뭐? 내가 증거야, 임마. 이 두 눈으로 똑똑히 봤는데 뭐가 더 필요해!"

호달의 어설픈 반발에 남자는 숫제 삿대질까지 해 가며 따지기 시작했다. 그 기세에 놀란 호달이 한발 물러섰다.

"아니, 막말로 찍었다 쳐도 그게 무슨 불법 촬영이라고……."

"어어, 그 뭐냐. 초상권, 그래 초상권 침해 몰라? 주의만 주고 말려고 했더니 이거 안 되겠구만. 휴대폰 이리 내봐!"

분명 내 쪽은 신경도 안 쓰는 것 같았는데. 지하철 안에 승객이 단둘만 있었던 것도 아니고……. 당당하게 손을 내미는 남자에게 무심코 휴대폰을 넘겨주려다 호달은 정신이 번쩍 들었다. 말과 달리 남자는 애초부터 주의만 주고 끝낼 계획이 아니었던 듯 능글맞게 웃고 있었다.

그제야 지하철 안에서 종이를 들고 꼿꼿이 버티던 것이나 보란 듯 사람들과 싸우던 남자의 뻔뻔한 표정이 떠올랐다. 자신을 찍으라는 듯 굳이 눈앞에서 그러고 있었던 건……. 설마, 나처럼 어리숙한 상대를 골라 몇 푼 뜯어내보겠다는 속셈인 건가. 어쩌면 처음부터 맞은편에 앉은 것도 계획적이었으리라. 젠장! 돈 앞에

선 인정사정없는 세상이라니. 새삼 정나미가 떨어졌다. 그래, 할머니 말이 백번 맞았다. 죽자고 우기면 안 될 일이 없고, 남의 사정 봐주다간 목구멍으로 넘어간 밥풀도 게워내야 하는 것이 머리 까만 짐승이 사는 이 세계의 법칙이었다. 호달은 흥건하게 땀 고인 손으로 휴대폰을 꽉 쥐고 와악, 소리를 질렀다.

"아, 진짜. 사람을 물로 보나! 안 찍었으면 어쩔 건데요? 명예훼손으로 확 고소해버릴까!"

어디서 들은 말은 있어 명예훼손이란 말이 서슴없이 나왔다. 그러자 남자가 주춤했다. 그 사이 먹통이 됐던 호달의 머리가 맹렬하게 회전하며 싸움 전략을 세워나갔다. 일단 여세를 몰아 좀 더 강하게 몰아붙일 필요가 있었다.

"봐! 보자고요! 대신 경찰서 가서 같이 까봅시다."

"어라라, 뭐 뀐 놈이 성낸다더니. 그래, 까짓것 당장 가면 되겠네. 앞장서."

금방 제 페이스를 회복한 남자가 보란 듯 맞받아쳤다. 역시 만만한 상대는 아니었다. 그래도 여기는 호달의 홈그라운드였다. 파출소 찾는다는 핑계로 남자를 이리저리 끌고 다니면서 그 틈에 슬쩍 영상을 지우면 그만이었다. 그는 결의를 다지듯 입을 굳게 다물고 걸음을 옮겼다.

88국수집

신림동 꼭대기 고시촌으로 올라오기 전에도 호달은 신림동에서 살았다. 태어난 곳이 어딘지는 알 수 없지만 할머니 말로는 그가 여기서 난 거나 마찬가지라고 했다. 하긴 핏덩이 때 할머니 손에 맡겨졌으니 고작 태어나 며칠 머물렀던 곳에 의미를 둘 필요가 있을까. 시장 맞은편, 상가들이 즐비한 골목이 교차하는 사거리, 낡은 건물 1층의 88국수집. 그가 할머니, 아버지와 평생 살아왔던 곳. 씩씩대는 남자와 함께 언덕을 내려와 낯익은 거리로 들어서자 국숫집 있던 자리가 눈에 들어왔다. 이제는 24시 편의점으로 바뀌어 일 년 전의 모습은 온데간데없었다. 씁쓸한 마음으로 호달은 어릴 적, 장사를 끝마치고 끙끙대는 할머니의 무릎을 주무르며 되풀이해 듣던 이야기를 떠올렸다. 국숫집이 간판을 올리던 날에 관한 이야기였다. 할머니는 그날의 설렘과 흥분, 기대에 차 나누었던 대화와 행동, 사소한 풍경까지 낱낱이 기억하고 있었다.

국숫집은 서울올림픽을 몇 개월 앞두고 문을 열었다. 오랜 노점 생활 끝에 얻은 가게인 만큼 그럴듯한 이름을 고심하느라 호달의 할머니는 간판도 올리지 못한 채 국수부터 팔기 시작했다. 가게는 싸고 많은 양 덕분에 간판 없이도 손님이 착실히 늘고 있었다.

이윽고 1988년 9월 17일, 제24회 서울올림픽이 열렸다.

개막식 장소인 잠실 주경기장에서는 3천여 마리의 비둘기 떼가 일제히 날아올랐다. 이어 비운의 금메달리스트 손기정 선수가 성화를 들고 아이처럼 깡충거리며 경기장으로 뛰어 들어왔다. 성화는 라면만 먹고

달린 금메달 소녀 임춘애에게, 다시 일반인 주자에게
로 이어져 까마득히 높은 성화대까지 이르렀다. 마침
내 점화의 순간.

"서울은 세계로, 세계는 서울로!"

사마란치 IOC 위원장이 어눌한 한국어로 그렇게 외
쳤을 때 티브이를 보는 사람들은 하나같이 벅찬 가슴
을 부여잡았다. 아시아 구석의 이름 없는 후진국이 전
쟁과 가난을 극복하고 세계를 향해 눈부시게 약진하
는 순간이었다. 국민 하나하나가 영광에 일조한 장본
인이자 산증인이었으니 그 감격을 어떻게 말로 표현
할 수 있었을까.

그러나 관중석에서, 거리에서, 집과 직장에서 모두
가 한 곳을 바라보던 그 순간 어쩌면 일부는 다른 이유
로 가슴을 잡았을지 모른다. 세계 평화의 염원을 담고
창공으로 멀리 뻗어 나가야 할 비둘기들이 어이없게
도 성화대로 돌아왔기 때문이었다. 눈치가 없는 건지,
딱히 갈 곳이 없었던 건지 불길이 바로 코앞에서 이글
대고 있는데도 비둘기들은 꿈쩍하지 않았다. 성화 주

자들은 난감한 표정으로 눈짓을 주고받았다. 의식은 절정을 향해 치닫고 있었고 아무도 멈추라는 사인을 보내지 않았다. 하는 수 없이 그들은 팔을 모았다. 화려하게 솟구친 성화가 곧장 비둘기들을 덮쳤다. 성화를 클로즈업하던 카메라가 부르르 떨며 뒤로 살짝 물러났지만 재빨리 정신을 차렸고, 굳건히 성화를 비추었다.

그때 막 빈 테이블을 닦고 허리를 편 호달의 할머니도 활활 타오르는 성화를 보고 가슴을 움켜쥐었다. 그것은 산채로 통구이가 되고 있는 비둘기 때문은 아니었다. 놀랍게도 그녀는 그 장면을 보자 불현듯 자신이 여태껏 겪어온 시련을 이겨내고 불처럼 일어나리라는 예감이 들었다고 한다. 그날로 가게는 '88국수집'으로 간판을 올리게 되었다. 그리고 동네에서 가장 실력 있는 표구사 주인을 불러다 붓글씨로 국숫집 이름을 쓰도록 한 뒤, 그 모양을 그대로 본떠 간판을 맞춤 제작했다. 가게 유리문과 메뉴를 적은 나무판에도 굵고 진한 서예체가 새겨졌다. 88올림픽 기간 내내 할머니는 불같이 일어날 인생을 염원하며 금메달리스트들의 기사를 빠짐없이 액자에 담아 벽에 걸었다. 유남규, 현정화, 김수녕, 그리피스 조이너 그리고 벤 존슨……. 그들은 가게가 사라지기까지 삼십 년이 넘는 시간 동안 빛이 바래지도 않고 수호신처럼 일렬로 늘어서서 늠름하게 손님을 맞았다.

그녀는 간판을 올렸던 그날이 질기고 고되기만 했던 인생의 최초이자 최후의 성공을 이룬 날이라는 것을 끝내 알지 못했다. 물론 호달도 알지 못했다. 그저 액자 속 올림픽 영웅들의 이름을 하나씩 읊조리며 불처럼 일어난다는 건 만화 주인공이 초사이언으로 변신하는 모습처럼 근사한 것이리라 막연히 상상했을 뿐이었다.

호달의 조모이자 88국수집의 사장인 김야무 여사의 남편은 알코올중독이었다. 평화시장과 봉제공장 사이를 오가며 원단을 배달하던 그는 언제든 술만 들어가면 자기가 해야 할 일이며 물건을 까맣게 잊어버렸다.

밤이 되면 집에 돌아와야 하는 것도, 제시간에 출근해야 한다는 사실조차 잊기 일쑤였다. 수금한 돈과 월급도 그의 손에서는 남아나질 않았다. 아내의 간곡한 부탁과 닦달도 소용없었다. 결국 일하는 시간보다 취해 있는 시간이 점점 늘어나는 남편을 대신해 살림을 건사하는 건 이내 야무의 몫이 되었다. 그녀는 아들을 등에 들쳐 업고 노점을 시작했다.

그녀가 시장의 드세고 거친 상인들과 자리 다툼하며 악착같이 벌어온 돈으로 남편은 술을 마셨다. 벌이가 시원찮은 날은 방에서 깡술을 마셨고, 가끔 이불장 안에 아내가 숨겨둔 목돈을 발견하는 날이면 통째로 들고 나가 며칠씩 집에 들어오지 않았다. 그래도 그녀는 좌절하지 않았다. 뜬눈으로 밤을 새우며 새벽시장을 돌아 물건을 떼 오고 낮에는 그것들을 팔았다. 어떤 날은 나물을, 어떤 날은 생선이나 채소를 펼쳐놓고 호객을 했다. 다 팔지 못한 물건은 돌아가는 길에 집집마다 대문을 밀고 들어가 떨이 흥정을 했다. 단 한 번도 그녀가 남은 물건과 함께 귀가한 적은 없었다.

술에 취해 거리를 전전하던 남편은 어느 순간 행방
불명이 되더니 끝내 시신으로 돌아왔다. 그녀의 아들
이 일곱 살 되던 해였다. 그녀는 울지 않았다. 대신 아
들의 손을 꼭 붙들고 남편의 재를 보란 듯 소주병에 담
아 한강에 던져버렸다. 그리고 그 길로 다리를 건너 신
림동에 새 터전을 마련했다. 새벽밥 먹는 상인과 가난
한 고시생을 상대하기엔 국수가 제격이었다. 뜨거운
육수와 국수 끓일 준비만 하면 되니 매번 물건을 떼 오
는 수고도 덜 수 있었다. 뽀얗고 매끈한 국수 가닥이
장수를 상징한다는 점 또한 마음에 들었다. 그녀는 아
들과 오래오래 행복하게 살고 싶었다. 그래서 리어카
에 재료를 싣고 새벽부터 밤늦게까지 자리를 옮겨가
며 국수를 팔았다.

긴 노점 생활 끝에 문을 연 88국수집이지만 술은 팔
지 않기로 했다. 이윤을 따지자면 실속 없는 짓이었지
만 그녀는 알코올중독을 앓다 객사한 남편을 증오했
고, 하나뿐인 아들이 남편을 닮게 될까 두려웠다. 차라
리 몸을 더욱 부지런히 놀려 국수를 싸게 많이 팔자고

결심했다. 이 동네에 주머니 가벼운 사람들이야 넘치도록 많으니 안 될 일도 아니었다. 김야무, 밤 야 夜, 없을 무 無. 없는 밤, 밤이 없다. 그녀는 자신의 이름처럼 밤에도 낮처럼 열심히 일했다. 가게를 드나드는 손님들이 출입문 유리와 계산대, 벽면 메뉴판 옆에 붙여놓은 '주류 판매 절대 안 함'이라는 문구를 보며 이따금 아쉬운 소리를 했지만 끄덕하지 않았다. 오히려 매월 달력을 한 장 찢어내고 나면 그것을 반듯하게 오려 뒷면에 새빨간 궁서체로 글자를 새로 써 붙였다.

그러나 끊임없는 노력에도 불구하고 국숫집이 문을 연 이래로 그녀에게는 줄곧 시련이 이어졌다. 며느리의 얼굴도 모른 채 갓난 손자를 들였으며, 그로부터 칠 년 후에는 음주 운전 사고로 외아들을 잃었다. 그리고 일 년 전, 국숫집에 큰불이 남으로써 지난했던 그녀의 밤 없는 삶은 막을 내렸다. 아들의 기일을 하루 앞둔 밤이었다. 다음 날 제사상에 올릴 나물을 무치고, 고기를 손질하고, 산적을 만들어 소쿠리에 펼쳐놓은 뒤, 찜

솥에 모양이 흐트러지지 않게 이쑤시개로 고정한 생선을 찌다가 깜빡 잠이 든 것이었다. 솥에 얕게 깔아놓은 물이 다 졸아들고 벌겋게 달아오르다 마침내 불길이 치솟던 순간, 깊이 잠들었던 그녀는 맹렬히 일어난 불길에 화들짝 깨어 생각했을지 모른다.

'아! 그게 이런 거였나.'

88올림픽이 개막하던 날 그녀가 가슴을 움켜쥐며 운명처럼 느꼈던 희망찬 예감은 안타깝게도 정반대의 의미로 적중해버린 셈이 되었다.

불같은 죽음, 불에 의한 죽음, 불타버린 그녀와 국숫집.

자그마한 살림방이 딸린 신림동의 국숫집에서 그녀는 아들과 손자를 연달아 키워내고 불같은 죽음을 맞이하고 말았다. 단 한 번도 멈추거나 주춤대지 않은 삶이었다. 오로지 앞만 보고 달리다 죽음마저 거침없이 받아들인, 참으로 그녀다운 최후였다. 그 밤 호달은 노량진 재수학원 근처에서 책 대신 친구들과 술잔을 들

고 있었다. 그리고 새벽 첫차를 타고 집으로 돌아왔을
때는 이미 모든 것이 새까맣게 타버린 후였다.

한낮의 추격전

국숫집 자리에 들어선 편의점 야외 테이블엔 교복 입은 여학생들이 앉아 얼음 컵에 든 음료수를 마시며 떠들고 있었다. 매장 안과 테이블은 볼 때마다 손님이 늘 서넛씩은 있었다. 시커멓게 내려앉은 가게 터 앞에서 불난 자리의 기운이 좋은 법이라고 수군대던 사람들 말이 맞는 모양이었다. 호달은 그 앞을 지날 때마다 괜히 억울한 기분이 들곤 했다. 그동안 가게에 들인 할머니의 공을 편의점 주인이 손쉽게 가로챈 것 같아서였다.

"어디까지 가는 거야?"

뒤따라오던 남자가 짜증 섞인 목소리로 채근했다. 사실 상가가 밀집한 이 동네는 모양도 쓸모도 제각각인 잡동사니로 꽉 찬 서랍만큼이나 복잡해 자질구레한 사건이 끊이지 않았다. 그 때문에 24시간 문을 여는 치안센터가 있었다. 편의점을 끼고 왼쪽으로 돌기만 하면 금방 보이는 위치였다. 그러나 일부러 두리번대며 반대편 큰길 쪽으로 몸을 틀었다.

"이 근방 어디에 있을 텐데……."

호달의 미적지근한 태도에 몸이 달았는지 남자가 적극적으로 골목 이곳저곳을 기웃거렸다. 그러더니 별안간 앞으로 나서며 아는 체를 했다.

"여 봐, 저 안쪽에 뭐가 있는 거 같은데."

좀 더 빨리 그를 반대편으로 유도했어야 했는데 아차 싶었다. 아직 영상은 지우지도 못했다. 이대로 치안센터에 가게 되면……. 남자는 거 보라는 듯 의기양양해선 정말로 보상금을 요구할지도 모른다. 아니, 불법 촬영으로 벌금을 물어야 하나. 그런데 돈이 없으면 어떻게 되는 거지? 겨우 영상 하나로 전과자가 되는 건

가. 설마 그렇게까지 중범죄는 아니겠지? 순식간에 오만가지 생각이 머리를 스치며 머리가 쭈뼛 섰다. 남자는 이미 골목으로 들어서는 중이었다. 어떻게 해야겠다는 생각도 없이 호달은 그에게서 슬그머니 떨어졌다. 때마침 큰길 쪽 횡단보도에 보행신호가 들어오는 것이 보였다. 길을 건너면 사람들로 붐비는 순대타운이다. 게다가 골목골목 복잡한 샛길이 있으니 잘만 파고들면 저런 뜨내기쯤 떨궈버리는 건 의외로 쉬운 일일 수도 있었다. 호달은 발소리를 죽이며 뒷걸음질 치다 몸을 돌려 뛰기 시작했다.

"뭐야, 너 거기 안 서!"

이내 남자의 다급한 외침이 들렸지만 모른 척 냅다 앞으로 달렸다. 들어갈 곳을 찾아 서성이는 사람들과 호객꾼들을 헤치고 나가자 중앙 순대타운 건물이 나타났다. 여기부터는 길이 한층 복잡해져서 유리했다. 힐끗 뒤를 보니 이제 막 입구로 들어서는 남자가 보였다.

"저놈 잡아라, 저놈, 저…… 도둑놈……!"

인파에 가로막힌 그가 손을 뻗으며 외쳤다. 둘 셋씩 짝을 지어 걷는 사람들이 그를 쳐다봤지만 놀란듯 웅성거리기만 할 뿐 좀처럼 길을 비켜주지 않았다. 아무리 용써봐야 여긴 내 구역이라고! 자기를 따라잡기 위해 안간힘을 쓰는 남자를 보자 어느덧 여유가 생긴 호달이 그를 향해 손을 흔들었다. 생각 같아선 좀 더 기다렸다 가까운 거리에서 빅 엿이라도 날려주고 싶었지만 그러다 붙들리면 낭패였다. 다시 힘을 실어 발을 뻗었다. 순간 무언가 단단한 것이 불쑥 튀어나왔다. 앞을 가로막는 장애물에 부딪힌 호달이 속력을 이기지 못하고 휘청이다 뒤로 넘어갈 때였다. 억센 손아귀가 멱살을 움켜쥐었다.

"뭐야, 너?"

위에서 호달을 내려다보고 있는 건 한눈에 보기에도 건장한 사내였다.

"이 도둑놈, 이제야 잡았네."

뒤늦게 헉헉대며 달려온 남자가 무릎을 짚으며 말했다.

"경찰입니다. 뭘 도난당하셨습니까?"

세상에 이렇게 재수 없는 날이 또 있을까. 하필 잡혀도 경찰이라니. 호달은 눈을 질끈 감았다.

"아니…… 글쎄, 이 자식이 갑자기 내 휴대폰을 들고 튀지 않습니까. 나 참 기가 차서."

경찰이 호달의 주머니를 뒤져 휴대폰을 찾아냈다. 남자가 기다렸다는 듯 덥석 받아 들었다.

"아이고, 고마워요. 역시 우리나라 경찰이 최고라니까."

"이거 제 폰이에요! 훔치긴 누가 훔쳤다고 그래요!"

붙들린 손아귀에서 빠져나가지 못한 채 호달이 소리쳤다.

딱딱한 인상의 경찰이 미심쩍은 눈길로 호달과 남자를 번갈아 봤다.

"선생님, 물건은 되찾으셨어도 간단한 경위서 작성은 해주셔야 합니다."

남자는 흔쾌히 고개를 끄덕였다.

"암요, 그래야지요. 잃어버릴 뻔한 물건을 찾아줬는

데 그거 하나 못하나요. 마침 파출소를 찾는 중이기도
했고…….”

어느새 그들 주변으로 사람들이 모여들어 있었다.
경찰은 험악한 표정으로 능숙하게 구경꾼을 물리치고
치안센터로 향했다. 가는 동안 호달은 진짜 범죄자라
도 된 듯 경찰과 남자 사이에서 두 팔을 붙들린 채 걸
어야 했다.

낯익은 골목을 지나 치안센터 앞에 다다랐을 때였
다. 끌려 들어가지 않으려 발버둥 치는 호달의 팔과 허
리띠를 틀어쥐는 경찰 앞을 막아서며 남자가 머뭇거
렸다.

“저…… 이런 말 하기 좀 그런데……, 이 녀석 실은 내
아들놈입니다.”

실랑이하던 호달과 경찰의 입이 동시에 벌어졌다.
경찰서를 찾겠다고 눈에 불을 켜던 때는 언제고 이제
와 태도를 바꾸는 남자를 호달은 이해할 수 없었다.

“선생님, 갑자기 이러시면 곤란합니다.”

경찰이 정색하며 호달을 더 단단히 붙잡았다.

"휴대폰 도난당하셨다고 했잖아요. 도둑놈이라고."

"그거야 그랬죠. 워낙 저놈이 잽싸게 도망을 치니까. 아들놈이라고 하나 있는 게 내동 밖으로만 싸돌아다니다 돈 떨어지면 기어들어 와선 애비 속을 뒤집어놓으니……."

"……."

"미안하게 됐습니다. 이노무시키가 내 휴대폰 훔쳐 간 건 맞는데……. 그래도 아들놈을 어떻게 경찰서까지 끌고 들어갑니까. 어른 노릇 한 번 했다 치고 좀 봐줘요."

그래도 경찰이 꿈쩍하지 않자 남자가 호달에게 호통을 쳤다.

"뭐해, 이 녀석아. 얼른 감사하다고 인사드리지 않고!"

"감사합니다."

호달이 고분고분 인사를 했다.

"이것 참."

그제야 맥 빠진 표정으로 경찰이 손을 뗐다. 그러곤 호달의 뒤통수를 힘주어 두어 번 두드리고 아쉬운 듯 치안센터 안으로 들어갔다.

경찰이 안으로 사라지고 문이 닫히는 모습까지 지켜본 후 남자가 호달을 향해 씨익 웃었다. 한 손엔 휴대폰을 든 채였다.

"제 휴대폰 주세요."

웃음의 의미를 알 수 없는 호달이 찜찜한 기분으로 말했다.

"아까도 말했다시피 동의 없이 남을 찍는 거는 엄연히 불법이야, 초상권 침해라고. 나는 세상에서 불법이 제일 싫은 사람이거든. 몰래 찍히는 건 더 싫고."

"안 찍었다고요!"

"그래? 그럼 들어갈까?"

남자가 당장이라도 치안센터 문을 열고 들어갈 듯 몸을 기울였다. 호달이 다급하게 남자의 팔을 잡았다.

"자, 잠깐만요."

"어떡할래? 들어가서 휴대폰을 까볼래, 아니면 좋게

해결할까?”

“조, 좋게요?”

“그래. 일단은 영상을 지우고, 또…… 나의 시간과 체력을 소모시킨 점, 동의 없이 찍힌 것에 대한 정신적 피해보상까지 해서…… 에이! 인심 썼다. 딱, 오십! 어때?”

역시 예상했던 대로였다. 사기꾼이 드디어 본색을 드러낸 것이다. 그 돈이 있으면 당장 고시원 월세부터 해결했겠지, 이렇게 길거리를 헤매고 돌아다녔을까. 기가 막힐 노릇이었다.

“영상 지우고, 인터넷뱅킹으로 오십 바로 쏘면 끝. 간단하지?”

호달이 마지못해 고개를 끄덕이자 그가 능글맞은 웃음을 흘리며 휴대폰을 건넸다. 그 순간 호달의 머리에 번개 같은 생각이 스쳤다.

‘기회다!’

이번엔 절대 잡힐 수 없었다. 온 힘을 끌어모아 남자를 밀치고 반대편으로 뛰었다. 넘어진 남자가 경찰서를 향해 도와달라고 외쳤지만 한번 뒤통수를 맞은 경찰이 관심 있을 리가 없었다.

호달은 사람 많은 길을 피해 골목을 돌다가 공영주차장 아래 개천으로 뛰어 내려갔다. 개천을 가로지르는 다리 아래 숨을 만한 장소가 떠올랐기 때문이다. 이전에 하수관으로 사용되던 구멍인데 어둡고 냄새가 고약하긴 해도 일단 들어가면 웃자란 풀에 가려 안이 잘 보이지 않았다. 청소년 시절 담배를 피우기 위해 하루에도 몇 번씩 드나들던 곳이었다. 몸을 낮춰 구멍 안으로 들어갔다. 달리는 데 너무 힘을 쓴 탓인지 눈이며 귀, 가슴에서까지 심장이 쿵쿵 뛰는 기분이었다. 익숙한 하수구 냄새를 코로 깊이 들이마셨다 내쉬며 휴대폰을 켰다. 흥분이 가라앉지 않아 손가락이 화면에서 엉뚱한 방향으로 자꾸 미끄러졌다. 그 바람에 엉뚱한 앱을 켜고 끄기를 몇 번이나 되풀이한 뒤에야 남자의 영상을 삭제할 수 있었다. 웅크린 등으로 식은땀이 쭈욱 흘러내렸다. 다행히 금방이라도 따라붙을 듯하던 남자는 기척이 없었다. 호달을 따라 개천으로 내려왔다면 뭐라고 소리라도 질렀을 텐데 잠잠한 걸 보니 제대로 따돌린 모양이었다. 그래도 혹시나 하는 마음에 얼마간 더 숨죽이고 있다 조심스럽게 밖으로 나왔다. 후끈한 열기를 품은 바람이 맨살에 끈적하게 감겨왔다.

"오호, 그럼 그렇지! 역시 내 촉이 맞았네."

호달이 땀에 젖은 티셔츠를 들치며 트인 곳으로 몇 걸음 걸어 나오기 무섭게 위쪽에서 남자의 목소리가 들렸다. 찰거머리가 따로 없었다. 호달은 머리를 절레절레 흔들었다. 남자는 기다리라는 듯 손가락으로 호달을 가리키며 의기양양하게 계단을 내려왔다. 그의 얼굴을 다시 마주하는 게 지긋지긋했지만 이번엔 도망칠 이유가 없었다.

"휴대폰 내놔! 어디 젊은 놈이 어른을 뺑뺑이 돌리고 말이야. 나도 더는 못 봐줘."

꾸짖듯 엄한 표정으로 손을 내미는 남자에게 호달

이 순순히 응했다. 휴대폰을 받은 남자가 바쁜 손놀림으로 화면을 터치했다. 찾는 게 있을 리 없었다.

"안 찍었다고 했잖아요."

남자의 얼굴에 난감한 표정이 스쳤다. 그걸 보자 호달에게 난데없는 배짱이 솟았다.

"이제 경찰서 갑시다. 나도 억울해서 그냥은 못 넘어가요."

그때였다. 딩동, 하는 알림음과 함께 단톡방 대화창이 열렸다.

— 벤 존슨이 누구임?

— 할 일 없는 새끼 여전하네.

— 빌런은 1호선이 지존임 ㅋㅋ

호달과 남자는 무심코 머리를 모으고 빠르게 올라가는 말풍선을 바라보았다. 고개를 든 남자의 입꼬리가 실룩거리며 올라갔다. 멍청하게 단톡방에 올린 영상을 생각 못 하다니.

아주 잠깐, 정적이 흐른 뒤 호달은 그의 손에 들린 휴대폰을 잽싸게 낚아채 다시 뛰기 시작했다. 그러나 이번엔 남자도 제법 빨랐다. 아무리 속도를 올려도 그와의 거리가 벌어지지 않았다. 벌어지기는커녕 점점 가까워지더니 결국 남자가 호달을 앞지르고 말았다.

"가슴을 쫙 펴고, 아니아니 좀 더 활짝, 그렇지."

"……."

"앞을 보고, 무릎은 위로. 헛둘헛둘."

어느새 남자는 호달과 마주 보고 달리며 마치 육상 코치처럼 진지하게 외쳤다. 호달은 도망자인 자신의 본분을 잊고 그가 하라는 대로 가슴을 펴고, 얼굴을 들고 무릎을 높이 올렸다. 그러다 어느 순간 다리에 힘이 풀려 주저앉고 말았다. 햇빛에 달궈진 우레탄 바닥이 데일 듯 뜨거웠다. 남자가 기다렸다는 듯 웃으며 눈을 찡긋했다. 그리고 가뿐한 동작으로 제자리 뛰기를 시작했다. 벗겨진 이마에서 흘러내린 한 가닥 앞머리가 가볍게 팔랑댔다.

"고작 요만큼 뛰고 지친 거야?"

몇 차례 팔 벌려 뛰기까지 마친 그가 명랑하게 말했다.

"도대체 왜 그래요, 나한테."

호달은 울먹였다.

"생각해봐. 불법 촬영에 무단 유포까지 해놓고 왜 그러냐니. 영상 찍은 거야 너그럽게 용서해줄 수 있지만 인터넷이라는 게 아주 무섭거든. 일단 한 명한테만 옮겨도 당최 걷잡을 수가 없어요. 알지?"

"지우라고 할게요."

풀 죽은 소리로 대답하는 호달의 얼굴에 대고 그가 손뼉을 짝 치며 대꾸했다.

"오 그래? 그런데 지우면 뭘 하나. 친구들이 이미 여기저기 퍼트렸을 텐데. 이건 수가 없어요, 수가. 이렇게 된 이상 오십 가지고는 택도 없겠는걸."

"결국 뜯어 가시겠다. 그래, 얼마면 되는데! 요……."

"그러게, 참 난감하네. 금액이…… 한 번에 해결될 것 같지는 않고, 12개월 분납으로 해야 되려나……."

분납? 도대체 얼마를 생각하고 있는 건지 짐작도 가지 않아 등골이 오싹할 지경이었다. 기진맥진한 지금의 상태로 가능할진 모르겠지만 또다시 도망치는 것

밖엔 방법이 없었다. 남자는 빙긋이 웃으며 호달을 내려다보고 있었다. 호달은 길게 숨을 내쉬며 마음을 가다듬었다. 그러고는 무릎을 짚고 자기를 굽어보는 그의 매끈한 이마를 힘껏 들이받았다.

퍽!

제법 큰 소리가 나며 그가 나동그라졌다. 그와 동시에 호달이 뛰기 시작했다. 무릎이 쿡쿡 쑤시고 허벅지와 장딴지에 경련이 일었지만 멈출 수 없었다. 이번에야말로 잡히면 끝장이라는 생각이 들었다.

2분, 3분, 몇 분이나 지났을까. 이를 악물고 뛰다 보니 뒤가 이상하리만큼 잠잠했다. 그러자 도리어 불안해졌다.

'죽었나? 아니겠지. 설마 죽었……느아아앗!'

길게 누워 있던 조깅 트랙이 벌떡 일어나 얼굴을 덮치는 것 같더니 입술 언저리가 찝찔했다. 피였다.

"그러게 앞을 보고 허리를 세우라니까."

어느새 이마를 문지르며 다가온 그가 혀를 끌끌 차며 말했다. 호달은 바닥에 얼굴을 붙이고 흐느낌 같은 신음을 흘렸다.

"세상이 그렇게 호락호락한 줄 알았어? 순진하긴."

그는 호달을 부축해 일으키며 그러니까 나쁜 마음 먹지 말고 같이 해결책을 찾아보자고 등을 다독였다. 미친놈.

어쨌거나 거짓말을 들키고 도망치기도 글렀으니 태도를 바꿔야 했다. 호달은 머리를 깊이 조아렸다.

"뛰었더니 배고파 죽겠네. 일단 먹으면서 해결책을 생각해보자고."

남자가 말했다.

"저…… 돈이……."

"내가 알아서 할 테니까, 가."

제법 선심이라도 쓴다는 투였다. 호달은 저도 모르게 고개를 꾸벅 숙여 인사했다.

빈 지갑

호달과 남자는 개천을 빠져나와 걸었다. 먹을거리 천지인 동네여도 막상 값싸게 요기할 만한 가게는 드물었다. 중심가에서 꽤 떨어진 곳까지 가서야 둘은 한 그릇에 3,500원이라고 써 붙인 대형 국숫집을 겨우 찾아 들어갔다. 주방 바로 앞에 자리를 잡고 앉은 남자는 호달에게 묻지도 않고 잔치국수 곱배기를 두 그릇 주문했다. 주문과 거의 동시에 국수와 호박, 달걀, 김 가루가 차례로 얹힌 얇은 스테인리스 그릇이 테이블에 놓였다. 점심시간이 훌쩍 지났지만 가게 안은 손님들로 북적였다. 따로 가림막이 없는 주방 안에선 직원들이 커다란 솥에 쉴 새 없이 국수를 담갔다 빼고 있었다. 후덥지근한 가게 안에 육수의 멸치 비린내가 맴돌았다. 냄새 때문인지 호달은 그닥 식욕이 당기지 않았다. 젓가락으로 고명을 흩트리며 그릇 안을 휘저었다. 할머니가 말아주던 국수의 구수하고 칼칼한 맛이 그리웠다. 그러거나 말거나 남자는 후루룩, 요란한 소리를 내며 국수를 마시듯 입안으로 밀어 넣었다.

"이거면 소주 두 병은 거뜬한데."

어느새 국물만 남은 그릇을 내려놓으며 남자가 말했다. 그러곤 술과 음료수가 종류별로 들어찬 냉장고 쪽을 흘깃거렸다.

"드세요."

"괜찮아."

아쉬운 듯 입맛을 다시면서도 그는 안 어울리게 눈치를 살폈다.

"날도 더운데 시원하게 한잔하시지."

사실 호달은 그가 취하길 은근히 기대했다.

"이젠 끊었어."

남자의 목소리에 힘이 없었다. 여태껏 처음으로 보인 유순함이었다. 그래서인가, 그의 표정이 어딘가 쓸쓸해 보이는 것 같았다. 아니, 아니지. 그래 봐야 사기꾼일 뿐이었다.

호달이 국수 가닥을 깨작대는 동안 남자는 국물을 그릇째 들고 마시더니 거하게 트림까지 했다. 아니나 다를까 잠깐이나마 유순했던 표정은 사라지고 뻔뻔한 좀전의 모습이 되돌아와 있었다.

"돈이 한 푼도 없는 거야? 왜?"

"……."

"사기라도 당했나. 사지 멀쩡한 젊은 놈이 돈이 없다는 게 말이 돼?"

사기꾼이 사기당했냐고 묻는 게 어이없었지만 딱히 틀린 말은 아니었다.

"없는 걸 어떡해요."

"사내자식이 시원찮긴."

남자는 혀를 끌끌 차더니 테이블에 올려놓은 호달

의 휴대폰을 집어 들고 마구 화면을 터치하기 시작했
다.

"애들한테 영상 지우라고 했어요."

"그게 문제가 아니잖아. 당장 돈이 있어야 할 거 아
니야!"

'예예, 아무렴요. 돈 없어 고시원에서도 쫓겨난 주제
에 등신처럼 사기꾼한테 뜯길 돈까지 마련해야죠.' 호
달은 속으로 구시렁대며 남자를 노려봤다.

"그러고 있으면 뭔 수가 나? 여기 연락처도 많구만
친구들한테 돈 빌려달라고 문자라도 넣어!"

"아 씨, 진짜 쪽팔리게."

"쪽팔리면 내가 대신 보내줘?"

휴대폰을 뺏으려는 호달을 피해 팔을 높이 들며 남
자가 위협하듯 말했다.

"제발요, 좀! 알바비…… 들어올 거 있어요."

"언제?"

다급한 마음에 일단 말을 뱉었지만 언제 들어올지,
들어오기는 할지 도통 알 수 없는 노릇이었다. 그가 독촉했다.

"나도 바쁜 사람이야. 언제 들어오는데?"

"전화해볼게요."

예상했던 대로 매니저는 전화를 받지 않았다. 발신음만 길게 울리는 전화기를 붙들고 있는 호달을 남자가 답답하다는 듯 쳐다봤다. 괜히 주눅이 들었다.

"전화가 무슨 소용이야. 직접 가서 쇼부를 봐야지."

"가봐야 없어요. 보나 마나 사장 몰래 어디 처박혀서 도박이나 하고 있을걸요."

호달이 한숨을 푹 쉬며 대꾸했다.

스포츠 토토, 바카라, 사다리 타기 등 매니저가 하는 게임은 다양했다. 언젠가부터는 본격적으로 게임사업을 하겠다며 피시방에서 일하는 알바생들에게도 자기가 하는 게임을 강요했다. 그가 카톡으로 보내준 링크 사이트에서는 기프티콘이며 무료 OTT, 꽁머니를 뿌려대며 무료 회원 가입을 유도했다.

"꽁머니, 그게 뭔데?"

남자가 고개를 갸웃하며 궁금한 표정으로 물었다.

"있어요, 게임머니 같은 거. 온라인 게임 해본 적 있어요?"

"휴대폰으로 하는 게임 말하는 거 아니야? 맞고 같은 거."

"맞아요. 꽁머니가 있으면 그걸로 공짜 게임을 할 수 있거든요."

호달과 같이 일하던 알바생들은 거의 전부 매니저가 알려준 사이트에 접속한 경험이 있었다. 어차피 처음 몇 판은 공짜인 데다 회원 가입을 했는지 안 했는지 집요하게 확인하는 그의 등쌀을 배겨내기 힘들었기 때문이다. 무엇보다 월급이 매니저를 통해 들어오는 탓에 구태여 그에게 밉보일 짓을 할 이유가 없었다.

그러나 호달은 예외였다. 정미 누나 덕분이었다. 정미 누나는 대학생이었는데 모자란 학비를 벌기 위해 휴학하고 일 년째 낮시간 풀타임 근무를 하는 중이었다. 원래 꼼꼼하고 야무진 성격이기도 했지만, 이전에 다른 피시방에서도 일한 경험이 있어서 매니저가 자리를 비운 동안 자연스럽게 시제나 재고, 알바생 스케줄 관리까지 도맡아 했다. 게다가 매니저가 누나를 좋아하고 있었기 때문에, 그녀와 겹치는 시간이 긴 호달에게 대놓고 함부로 대하지 못했다. 오히려 그는 틈만 나면 호달을 불러놓고 은근히 누나의 관심사나 개인적인 정보를 캐묻곤 했다. 사실 호달이 누나에 대해 알고 있는 건 별로 없었다. 사소한 이야기를 나누기엔 그녀가 너무 바빴던 것이다. 그렇지만 호달은 매니저가 물을 때마다 마치 그녀와 특별히 친한 사이라도 되는 양 이야기를 꾸며댔다. 제 얘기 하는 걸 싫어하는 누나에게는 절대 비밀이라고 입단속을 시켰으므로 들킬 염려는 없었다. 매니저는 호달의 말만 믿고 뜬금없이 그녀에게 액션영화 티켓을 내밀거나 요란한 구슬장식이 달린 머리핀 같은 걸 선물했다가 번번이 거절당했다. 그래도 꼬박꼬박 알바비 받는 데 문제가 없었는데…… 문제는 누나가 복학을 위해 알바를 그만두고 얼마 지나지 않아 생겼다.

언제나처럼 출근해 좌석 정리를 하던 중이었다. 갓 고등학생이나 되었을까, 들어온 지 얼마 안 된 앳된 얼굴의 알바생이 머뭇거리며 호달에게 다가왔다.

"형, 죄송한데 저 돈 좀 꿔줄 수 있어요?"

"갑자기 무슨……."

어리둥절한 채 녀석을 훑어보던 호달의 시선은 곧 그의 손에 들린 휴대폰 화면에 머물렀다. 역시나 익숙한 게임 영상이 어지럽게 돌아가고 있었다. 그럼 그렇지. 호달은 빌리려는 돈이 얼만지 물어보지도 않고 단번에 거절했다. 그러자 사색이 된 녀석이 허둥대며 매달렸다.

"월급 타면 갚을게요."

게임에선 단 2, 30초 만에도 십만 원 단위의 돈이 우습게 날아갔다. 잘 모르는 사람에게 이렇게 매달릴 정도면 아마 그보다 훨씬 큰 액수일 것이라고 호달은 짐작했다.

"됐고, 빡세게 알바해서 니 돈으로 해결해!"

"아, 형! 한번만요."

다른 걸 몰라도 그런 돈만은 꾸어줄 수 없었다. 알코올중독자 남편을 둔 할머니로부터 일찍이 중독이 사람에게 미치는 해악에 대해 철저히 교육받으며 자란 호달이었다. 애초에 시작하질 말든가 일단 발을 들였다면 가능한 모든 자원을 끊어 스스로 포기하도록 하는 게 상책이다. 호달의 바람대로 그때 정신을 차렸으면 좋았을 텐데. 녀석은 알바를 그만두고 매니저에게 돈을 빌려가며 본격적으로 어울리기 시작했다.

그 후로 호달의 고난도 함께 시작되었다. 호달을 보는 매니저의 눈길이 곱지 않다 싶더니 이내 게임 사이트 가입을 종용하기 시작한 것이다. 그러나 호달의 고집도 만만치 않았다. 매니저는 뻣뻣하게 구는 호달에게 괜스레 정미 누나와 잘 안된 분풀이까지 쏟아부었다. 담뱃재와 가래침 범벅으로 더러운 흡연실 청소는 물론 창고 물품 정리와 화장실 관리도 호달의 몫이었다. 처음 얼마간은 미안함에 간간이 일을 거들어주던 다른 알바생들은 차츰 편안함에 익숙해졌고 힘들고 더러운 일은 죄다 호달이 하겠거니 하고 못 본 척했다.

정미 누나라도 있었더라면 어느 정도 상황 정리가 되었을 텐데, 나서는 사람이 없으니 다들 매니저 눈치를 보며 제 앞가림하는 데 급급하기만 했다. 매니저의 미움을 한 몸에 받게 된 호달은 자연스럽게 알바생들 사이에서도 따돌림당하는 처지가 되었다. 특히 대타를 못 구해 펑크 난 근무는 죄다 호달에게 돌아갔다. 그럴 때마다 매니저가 패거리들을 우르르 몰고 와서는 라면을 끓여 오라느니 청소 상태가 엉망이라느니 생트집을 잡으며 괴롭혔다. 이유 없이 머리를 툭툭 치거나 주먹으로 어깨를 힘껏 때리는 일도 다반사였다. 가장 굴욕적이었던 건 150만 원을 잃고 쩔쩔매던 어린 녀석이 매니저를 형님이라 부르는 무리에 끼여 호달이 맞는 모습을 태연히 구경하곤 했다는 것이다.

"아니, 그걸 그냥 당하고 있었어? 사장한테 말을 했어야지."

호달의 하소연 같은 말을 듣던 남자가 발끈해서 소리쳤다.

"매니저 자식이 사장 조칸데 팔이 안으로 굽지, 밖으

로 굽겠어요. 하나 마나지.”

“노동청에 임금체불 신고를 하던가!”

“검색해봤는데 신고한다고 바로 받는 건 아니래요. 사업주랑 같이 출석해서 조사도 받아야 되고, 지급 명령 떨어져도 안 줄 수도 있대요. 그러면 또 무슨 민사 소송을 해야 된다던데, 소송하는 방법도 모르고. 그러다 매니저 놈한테 해코지나 당하면……”

호달은 울컥 서러움이 솟구쳤다.

“월급 정산할 때만 되면 한 달 동안 지각을 몇 번 했네, 컴퓨터 관리를 못 해서 안 들어가도 될 돈이 들어갔네, 하면서 월급을 깎더니……. 진짜 나쁜 새끼!”

“……”

이야기를 한번 시작하자 온갖 핑계로 급여를 깎는 매니저 앞에서 끽소리 못 하고 당했던 일들과 그나마도 제때 정산해주지 않아 고시원 월세를 밀린 일, 이런저런 알바를 전전하다 실패한 일, 방 밖으로 나오지도 못하고 숨어 지내다 결국 내쫓긴 일까지 줄줄이 떠올랐다. 그러는 동안 그 모든 일들을 겪으며 차곡차곡 쌓인 울분이 당장이라도 눈물로 터져 나올 것 같아 여러 번 입술을 깨물어야 했다. 이런 이야기를 누군가에게 털어놓은 적은 처음이었다. 맞은편에 앉은 남자는 잠자코 호달의 말을 들었다. 사람들로 붐비는 국숫집 한가운데 두 사람의 테이블만 섬처럼 고요했다.

이윽고 남자가 몸을 일으켰다. 호달도 코를 훌쩍이며 일어섰다. 주머니를 뒤적이며 출입구로 향한 남자는 계산대에 돈 대신 다른 걸 내밀었다.

"저녁에 저 학생이 찾으러 올 거요."

마치 고장 난 시계를 수리 맡기듯 태연한 말투였다. 그가 유유히 출입구를 빠져나가고 남겨진 호달은 계산원이 들고 있는 게 자신의 지갑이라는 사실을 깨달았다. 뒤통수를 크게 한 대 얻어맞은 기분이었다. 황급히 뒷주머니를 뒤져봤다. 있어야 할 지갑이 잡히지 않았다. 문밖에서 이쑤시개를 문 남자가 호달을 보며 웃고 있었다. 지금껏 자기가 겪은 일을 들었으니 마음이 조금은 달라졌겠지, 기대했던 건 착각이었다.

"저 사기꾼!"

그러나 이미 먹어 치운 국수를 뱉어낼 수도 없는 노릇이었다. 호달의 얼굴이 확 붉어졌다.

"죄, 죄송……."

말을 끝맺지 못하고 우물쭈물하는 호달을 보던 계산원의 인상이 구겨졌다.

"돈도 없으면서 먹긴 왜 먹어!"

그거야말로 호달이 하고 싶은 말이었다. 돈이 없는 줄 알았으면 애초에 가게에 들어올 생각도 하지 않았을 것이다. 그래도 어떻게든 수습해야 했기에 계산대 메모지에 더듬더듬 휴대폰 번호를 적었다.

"지갑…… 꼭 찾으러 올게요."

계산원은 씩씩대며 나와 호달을 사납게 문밖으로 밀쳤다.

"나가! 재수가 없으려니 별……."

비틀대며 쫓겨난 호달의 등으로 곧장 소금 세례가 쏟아졌다. 새벽에 고시원 총무에게 들켰을 때도 이렇게까지 비참하진 않았다. 역시 없는 자에게는 모질고도 모진 세상이었다.

멀찍이 떨어져 그 모양을 구경하던 남자가 호달에게 다가왔다. 도대체 뭘 기대하고 저런 인간에게 속애기를 구구절절 늘어놓았던 걸까. 수치심과 배신감에 울컥 화가 치밀었다.

"진짜 이럴 거예요!"

"지갑에 국숫값 정돈 있을 줄 알았지."

남자는 눈 하나 깜짝하지 않고 대꾸했다.

"그래도 내가 안 주워줬으면 넘어질 때 지갑 흘린 줄도 몰랐을 거 아냐. 고맙게 생각해."

그렇게 말하며 남자가 이쑤시개를 건넸다. 그 와중에 챙겨주는 척하는 그가 더욱 꼴 보기 싫었다. 호달이 있는 힘껏 그의 손을 쳐냈다.

"됐어요!"

녹말로 만든 연두색 이쑤시개가 힘없이 땅바닥으로 떨어졌다.

"싫음 말고. 돈이나 받으러 가자."

그는 아랑곳하지 않았다.

"받을 돈이 얼마야?"

호달에게 바짝 붙어 걸으며 남자가 물었다.

"막달 월급에 찔끔찔끔 밀린 돈까지 합치면 삼백도 넘어요."

분이 안 풀린 채로 호달이 퉁명스럽게 대답했다.

"꽤 되네. 좋아. 내 덕분에 받으면 수수료도 좀 챙겨 주는 거지?"

남자는 아예 호달의 돈을 다 털어갈 속셈인 듯했다. 한시라도 빨리 돈을 받아야겠다는 생각 때문인지 그는 자꾸 앞서나가며 피시방으로 가는 방향을 물었다. 그러는 동안 사장과 매니저의 관계, 피시방의 구조와 좌석 배치, 알바생들 수까지 자세히 물었다.

"이런 일은 힘보다는 머리를 써야 되는 거거든. 두고 봐."

남자는 자신만만했다. 그래, 어차피 가망 없는 돈이니 일부라도 받아내기만 한다면 고스란히 다시 뺏긴다고 해도 속은 좀 후련할지 모른다.

종잇장처럼 가볍게 팔랑거리며 걷는 남자의 뒷모습
을 바라보며 호달은 씁쓸한 한숨을 뱉었다.

버스는 사랑을 싣고

호달의 아버지이자 김야무 여사의 소중한 외아들은 어머니의 엄격한 보호 속에서 자랐다. 알코올중독으로 객사한 남편의 전철을 밟게 하지 않고자 했던 어머니는 아들이 사춘기에 접어들면서부터는 친구들과 만나는 것까지 일일이 단속했다. 여느 아들이라면 그런 어머니에게 반발하며 대들었겠지만 그는 그럴 수 없었다. 무능력하고 사람만 좋은 자신의 부친이 어떻게 가정을 망가뜨렸는지, 그것을 복구하기 위해 어머니가 얼마나 피땀을 흘려 왔는지를 생생히 보며 자랐기 때문이었다. 그는 세상에 기댈 곳 하나 없어 사납고

억척스러워야만 했던 어머니에게 단 하나의 숨구멍이 되어주고 싶었다. 그래서 한강대교 위에서 아버지의 유해가 담긴 소주병을 떨어뜨리던 날, 흐르는 눈물을 훔치며 어머니에게 좋은 아들이 되겠다고 다짐했다.

그는 학교에 다녀오면 대부분의 시간을 방 안에 틀어박힌 채 보냈다. 어머니는 그가 공부에 전념하기를 바라는 마음으로 가게 일도 돕지 못하게 했지만, 아무리 노력해도 공부는 그의 능력 밖이었다. 그는 앉은뱅이책상 앞에 앉아 멍하니 시간을 보내다 갑갑증이 날 때면 사회과 부도를 펼쳐놓고 손가락으로 쭉 뻗은 도로들을 훑으며 이름을 외웠다. 경부고속도로, 영동고속도로, 중부내륙고속도로……. 영어 단어나 수학 공식은 수십 번을 읽어도 고개만 들면 연기처럼 머리에서 사라져버리곤 했는데 이상하게 도로명은 한두 번 만에 지도째로 선명하게 기억할 수 있었다. 그는 큰 도로 옆으로 거미줄처럼 뻗어나간 작은 도로들과 도시의 이름을 모조리 외웠다. 언젠가는 손으로만 가보았던 곳들을 빠짐없이 가볼 수 있기를 소망하면서.

마침내 어머니의 바람대로 이슬처럼 맑고 순수한 청년으로 성장한 그는 술을 가까이하지 않는다는 장점을 한껏 살린 직업을 가지게 되었으니 바로 버스 운전기사였다. 그것은 줄곧 방 안에 틀어박혀 지내던 그에게도 꿈같은 일이었다. 보통은 마을버스를 운전하고 휴무일에 관광버스를 몰았다. 생각 같아서는 여기저기 마음껏 갈 수 있는 관광버스 운전만 하고 싶었지만 아들이 멀리 나가는 걸 불안해하는 어머니 때문에 나름의 절충안을 생각해낸 것이었다. 그래서인지 쉬는 날 없이 운전을 해도 피곤한 줄 몰랐다. 오히려 운전석 창을 활짝 열고 고속도로를 달리다 보면 그동안 쌓인 체증이 싹 내려가는 기분이 들었다.

단조롭고 지루하기만 했던 마을버스 운전에 그의 마음이 사뭇 기울게 된 건 한 여자 때문이었다. 그녀는 그가 몰던 마을버스 02번의 승객이었다. 02번은 신림역과 봉천역 사이, 빌라촌 입구에서 출발해 구립 어린이집과 중학교를 지나는 오르막을 올라간다. 마을 중앙 장군봉 입구 차고지를 경유한 뒤 다시 내려오는, 마을버스치고는 제법 긴 노선이었다. 그녀는 대개 오르막의 꼭대기 부근 정류장에서 버스에 오르곤 했다. 승차 시간이나 요일이 들쭉날쭉한 걸로 보아 일반적인 회사에 다니는 사람은 아니었다. 보통보다 큰 키, 늘씬하고 쭉 뻗은 다리, 진한 메이크업과 늘 들고 다니는 큰 가방 꾸러미. 그가 짐작하기에 그녀는 연예인 지망생이거나 내레이터 모델쯤 되는 것 같았다. 그러나 예쁘장한 얼굴이긴 해도 다소 밋밋한 인상이었으므로 아마 후자 쪽일 가능성이 크다고 나름대로 짐작했다. 그녀는 버스를 탈 때면 늘 잠을 설친 사람처럼 지쳐 보였다. 어느 순간부턴가 그는 그녀가 신경 쓰이기 시작했다. 이따금 삼사일 넘게 보이지 않으면 궁금하다가도 매일 마주치면 너무 무리하는 건 아닐까 걱정하는 마음으로 안색을 살피기도 했다. 그런 그의 마음을 알 턱이 없는 그녀는 한결같이 무심한 태도로 버스를 타고 내렸다.

2002년 월드컵이 한창이던 6월의 어느 날이었다. 우리나라 축구팀의 예기치 못한 선전으로 도시는 내내 들떠 있었다. 그도 라디오로 한국과 이탈리아전 중계를 들으며 막차 운행을 시작했다. 신림역 근처에서 승객이 모두 내린 후, 문을 닫으려는 순간이었다. 누군가 급히 차 문을 두드리더니 불쑥 얼굴을 들이밀었다. 그녀였다. 평소와 달리 옅은 화장에 대학생처럼 화사하게 차려입은 모습이었으나 여전히 표정은 지쳐 보였다. 그는 그녀가 맨 뒷자리까지 걸어가 앉는 걸 확인한 후 조심스럽게 액셀을 밟았다. 오르막을 오르며 그는 힐끗 뒤를 바라보았다. 내릴 때가 다가오는데도 그녀는 미동이 없었다. 잠이 든 듯 고개를 숙이고 있을 뿐이었다. 차를 조심스럽게 세우고 뒤를 향해 작게 외쳤다.

"손님."

"……."

침묵 속에 잠시간의 대치가 이어졌다.

"내리셔야 할 것 같은데……."

난감한 표정으로 웅얼대는 목소리는 미처 뒷좌석까지 전달되지 못했다.

— 아! 골입니다. 안정환! 8강 진출을 확정하는 골든 골을 터트렸습니다!

적막을 깨고 라디오에서 우렁찬 환호 소리가 울렸다. 마침내 그녀가 고개를 들었다.

"조용히 좀 해주세요."

"네?"

"시끄럽다고요. 라디오라도 좀 꺼주세요."

그녀의 눈가가 일그러져 있었다. 화를 내는 건지, 우는 건지 모를 얼굴이었다. 그는 허둥지둥 라디오를 끄고 다음 지시를 기다리듯 그녀를 바라봤다.

"계속 가요."

'계속……'

차고지로 들어갈 시간임에도 그는 계속 가라는 말에 주저 없이 운전대를 틀었다. 어차피 사무실에 남아 있는 사람도 없을 시간이었다. 게다가 오늘은 한국이 세계의 축구 강호 이탈리아를 꺾고 16강의 역사를 쓴

날이지 않은가. 몇 시간쯤 늦게 들어간다 해도 신경 쓸 사람은 없을 것이었다. 그는 가급적 시끄럽지 않은 곳, 그녀가 잠시라도 조용히 쉴 수 있을 만한 곳을 찾아 빙빙 돌다 동네가 훤히 내려다보이는 언덕 꼭대기에 차를 세웠다. 그러는 동안에도 그녀는 우두커니 앉아 고개를 숙이고 있었다. 그도 시동을 끄고 운전석에서 굳은 듯 앉아 있었다. 나지막하게 훌쩍이는 소리가 들렸지만 차마 다가가지 못했다. 한결같이 강인한 어머니만 보며 살아온 그에게 우는 여자는 무척 낯선 존재였기 때문이다.

시간이 얼마나 흘렀을까. 붉어진 눈을 비비며 앞자리로 옮겨온 그녀가 그를 불렀다.

"이리로 올래요?"

"네!"

그는 군대 선임의 명령이라도 받은 듯 딱딱하게 굳은 자세로 벌떡 일어났다. 운전석 뒤 이 인용 좌석에 나란히 앉아 두 사람은 또 한동안 말이 없었다.

"오늘은 다들 즐거우니까, 우리도 한잔해요."

그녀가 가방에서 작은 위스키병을 꺼내 한 모금 마신 뒤 그에게 내밀었다. 술이라곤 입에도 대지 않는 그였지만 어떻게 된 일인지 싫다는 말이 나오지 않았다. 머뭇거리며 병을 건네받았다. 통증에 가까운 쓴맛이 혀와 목구멍, 가슴을 타고 내려가는가 싶더니 이내 뜨거운 것이 반대로 치밀어 올랐다. 뜨끈해지는 목과 얼굴을 감싸며 기침하는 그를 그녀가 물끄러미 바라보다 소리 내 웃기 시작했다. 그도 따라 웃었다. 아니 울었을까? 기억이 가물가물했다. 반소매 아래로 뻗은 서로의 팔과 팔꿈치가 간간이 맞부딪쳤던 것 외에 어떤 말이 오갔는지, 무슨 일이 있었는지 떠올리려고 아무리 애를 써도 머리는 기억상실증에 걸린 듯 깜깜할 뿐이었다. 어느새 잠들었다 눈을 떴을 때는 버스 창을 통해 아침 해가 빨갛게 달아오르고 있었고 그녀는 사라진 후였다.

그날 이후 그녀는 버스에 타지 않았다. 그녀가 타던 정류장을 지날 때면 그는 일부러 조금 더 오래 정차

했다. 무슨 일이 있나, 아픈 걸까, 아니면 이사를 간 걸까? 그날 밤 뒷자리에 앉아 한참이나 울던 모습을 떠올리면 알 수 없는 불안감이 엄습했다. 차라리 이사를 간 거라면 안심이 될 것 같았다. 한동안 그는 바보처럼 아무것도 기억 못 하는 자신을 탓하며, 때론 근거 없는 희망에 부푼 채 일상을 반복했고, 차츰 그날의 일이 어쩌면 꿈이었는지 모른다고까지 생각하게 되었다.

무심히 흘러가던 그의 일상이 뒤집힌 건 두 사람이 밤을 보낸 지 십 개월이 지난 어느 새벽녘이었다. 여느 때처럼 출근길에 나선 그 앞에 그녀가 불쑥 나타났다. 뜻밖의 재회에 반가운 인사를 건네기도 전에 그녀는 마치 이어달리기 선수가 바통을 넘기듯 포대기에 둘둘 싼 아기를 그에게 건네주고 사라져버렸다. 그는 어리둥절한 채 품 안에서 꼬물거리는 생명체를 안고 어머니를 불렀다. 그의 어머니는 출근하다 되돌아온 아들이 뭘 두고 갔나 생각하다, 사실은 두고 간 게 아니라 두고 갈 게 생겼다는 걸 깨닫고 바닥에 털썩 주저앉았다. 눈치가 없는 편이었던 아기 호달은 그 순간 곤히 자다 일어나 응애응애, 기운찬 울음을 터트렸다.

그날부터 호달은 할머니, 아버지와 함께 국숫집에서 살게 되었다. 식구가 늘어선지 아버지는 낮, 밤 할 것 없이 바쁘게 일했다. 할머니도 마찬가지였다. 어린 호달이 일어날 때쯤이면 이미 장사 준비를 마치고 새시로 된 미닫이문을 활짝 열어 놓았다. 바쁜 살림에 살뜰한 돌봄은 기대할 수 없었다. 그럼에도 호달은 혼자 국숫집 안쪽의 곁방에서 누워 있다가, 기어다니다, 앉고, 서고, 걷기까지 혼자서 무사히 해냈다.

호달이 자라는 동안 얼굴 마주할 틈 없이 바쁜 아버지를 원망하지 않았다면 거짓말일 것이다. 그러나 그가 휴일이면 호달의 생모를 찾아 이곳저곳 헤매고 다녔다는 사실을 알고 난 후 원망은 연민으로 바뀌었다. 아버지가 교통사고로 죽은 뒤, 할머니가 태울 것을 정리해둔 유품 상자에서 찾아낸 수첩에는 그동안 아버지가 다녔던 경로가 깨알 같은 글씨로 적혀 있었다. 찾는 이에 대한 정보가 워낙 부족해서였는지 일관된 패턴은 없었다. 그저 두서없이 사방으로 다닌 흔적과 그때그때 느꼈던 막막함, 실망 같은 것들이 다소 감상적인 표현으로 적혀 있을 뿐이었다. 한 번도 아버지와 살가운 대화를 나눠본 적이 없었던 호달은 띄어쓰기와 줄을 무시한 채 빽빽하게 들어찬 글씨들을 더듬더듬 해독하며 비로소 아버지가 어떤 사람이었는지 알게 되었다.

아버지는 근면 성실하고 과묵한, 할머니가 아는 모습과는 정반대의 심연을 가진 사람이었다. 불안하고 겁 많고, 심약해서 하루에도 몇 번씩이나 혼자 무너지고 울던 외로운 사람. 그리고 언젠가는 운명처럼 그녀를 다시 만날 수 있으리라는 순진무구한 희망을 품었던 사람. 어린 아들을 어떻게 안아주어야 할지 몰라 잠든 얼굴을 몇 시간이고 바라보기만 했던 사람이었다.

피시방 습격 사건

피시방이 있는 건물 앞에 다다르자 남자가 호달을 떠밀었다.

"먼저 들어가."

"아저씨는요?"

"난 다 생각이 있으니까."

"무작정 가서 어쩌라고요. 계획이 있으면 말을 해줘야지."

"아, 글쎄 일단 들어가 봐!"

남자가 재촉하듯 손을 흔들었다. 어쩌자는 설명도 없이 다짜고짜 밀어붙이는 남자에게 떠밀려 호달이 주춤주춤 몇 걸음 움직였다.

"참! 그동안 사장 얼굴 한 번도 못 봤다고 했지?"

"네."

"딴 알바들도 마찬가지겠네?"

"그럴……겠죠? 가끔 전화만 하고 피시방에 나온 적은 없어요. 왜요?"

"아냐, 얼른 들어가 봐."

도대체 무슨 꿍꿍이인지 알 수가 없어 더 불안했다. 전화와 문자로 부탁에 가까운 독촉은 해봤지만 사실상 호달이 매니저에게 직접 찾아온 것은 처음이었다.

"매니저 자식, 어차피 이 시간엔 없을 텐데."

애써 대담한 척 구시렁댔지만 가슴이 쿵쾅대는 건 어쩔 수 없었다. 매니저는 혼자 다니는 법이 없었다. 늘 자기보다 덩치 좋은 양아치 패거리를 두엇 데리고 다니며 과시하듯 호달을 툭툭 건드렸다. 피시방에 그들이 없어도 답은 없지만 있다면 더 큰 문제였다. 최소한 삼 대 일, 알바생들까지 합치면 육 대 일이다. 그중 호달의 편에 서줄 사람은 없을 거였다.

‘가서 뭐라고 말하지? 밀린 알바비 받으러 왔다고 하면 순순히 내줄 리는 없고……. 아마 하던 대로 쌍소리부터 내뱉겠지. 그러곤 놀리듯 주먹으로 머리통이나 어깨를 칠 테고. 그래도 꼼짝 않고 버티면…….’

겨우 2층까지 오르는 동안 온갖 생각이 호달의 머리를 스쳤다. 돈을 못 받고 맞는 것도 맞는 거지만 저보다 어린 알바생들 앞에서 저항 한번 못하고 당할 걸 상상하자 입이 바짝바짝 타들어가는 기분이었다. 특히, 그 어린 녀석, 호달이 맞을 때마다 뒤에 서서 무표정으로 구경하던……. 차라리 얼마 꿔주고 말걸, 형이랍시고 괜한 꼰대짓을 한 대가로 녀석만 보면 수치심에 몸이 더 오그라드는 기분을 느껴야 했다.

‘차라리…… 없어라, 제발.’

어차피 포기하다시피 한 돈이니 이참에 못 받을 거란 걸 확실히 보여주고 끈질긴 사기꾼 자식을 단념시키는 게 빠를 것 같았다. 아무튼 그러려면 일단 피시방에 들어가야 했다. 마음을 다잡으며 호달은 유리문의 손잡이를 힘껏 잡았다.

다행히 피시방에는 알바생들 뿐이었다. 호달이 카운터 앞에서 얼쩡거리자 한 친구가 얼굴을 알아보고 고개를 까딱했다.

"저기…… 혹시 매니저님……."

그가 말을 맺기도 전에 알바생은 고개를 절레절레 흔들었다. 익히 알고 있지 않으냐는 듯한 표정이었다. 그러면 그렇지, 하는 안도 섞인 실망과 함께 허탈감이 밀려들었다. 동시에 막상 해야 할 말은 꺼내지도 못하고 나가려니 스스로가 너무 한심해졌다. 정말 이대로 그냥 나가야 하나. 대단한 계획이라도 있는 양 먼저 들어가라던 남자는 코빼기도 안 보이고 혼자 뭘 어떻게 해야 할지 난감해졌다. 알바생들은 어느새 그에게 관심을 끄고 각자 제 할 일로 돌아갔다. 관리자가 없어진 지 오래라 일을 한다기보다 자리에 앉아 휴대폰을 들여다보며 빈둥대는 분위기였다. 어쩌면 매니저가 소개해준 도박 게임을 하는 중인지도 몰랐다. 온갖 궂은 일을 도맡아 하고도 알바비를 떼인 자신과 달리 저들은 게임으로 대충 시간만 때우고도 제 몫의 돈을 받을 거였다.

'그래, 나 같은 건 당해도 싸. 호구 새끼.'

호달은 애초에 자기가 밀린 알바비를 받아야겠다는 생각이나 있었던 건가 싶어 쓴웃음이 나왔다. 그때였다. 출입문을 밀고 안으로 들어서는 남자가 보였다. 그는 눈을 둥그렇게 뜨고 쳐다보는 호달을 모른 척 지나쳐 곧장 카운터로 향했다. 알바생들은 사람이 오거나 말거나 신경 쓰지 않고 휴대폰에 고개를 처박고 있었다. 그가 팔짱을 끼고 끙, 소리를 내자 한 명이 성의 없는 말투로 안내했다.

"아무 데나 앉으시면 돼요."

"……."

손님을 저따위로 응대하다니 정미 누나가 있었다면 등짝을 한 대 얻어맞고도 남을 일이었다. 호달은 속으로 혀를 찼다. 대답 없이 카운터를 노려보고 있는 남자에게 다른 한 명이 귀찮다는 듯 물었다.

"이용 방법 모르세요?"

드디어 남자가 입을 열었다.

"알만 하구만. 너 내가 누군지 알어?"

묘한 긴장감을 불러일으키는 어조였다. 그제야 남자에게 시선이 모였다. 섣불리 대답하면 안 되겠다 싶었는지 알바생들은 휴대폰을 내려놓고 슬그머니 몸을 일으키며 서로 눈짓을 주고받았다.

"어디 갔어, 이 자식?"

"누, 누구를 말씀하시는지……."

"누구긴 누구야? 느이 매니저, 내 조카!"

"사……장님?"

"한심하기는. 뭣 하고 있어? 얼른얼른 일어나 일들 않고! 이러고 넋 놓고 앉아 있기만 하니까 매출이 자꾸 떨어지는 거 아니야."

그러나 갑작스러운 호통에 주눅이 들어선지 정말로 평소 일을 안 했던 탓인지 그들은 우물쭈물대기만 할 뿐 딱히 뭔가를 시작하지 않았다. 남자가 헛기침을 한 번 하고는 한 명씩 불러 일을 지시했다.

"너! 흡연실 가서 재떨이랑 쓰레기통 비우고. 너는 화장실이랑 계단 마대질 좀 해. 그리고 너는 저 안쪽부터 차례로 좌석 점검. 시작!"

실로 감탄이 나오는 연기력이었다. 피시방은커녕 동네 복덕방에서 장기나 두게 생긴 위인이 하는 짓치고는 꽤나 그럴듯했다. 그가 사기꾼이라는 걸 아는 호달마저도 혹시 저 사람이 진짜 사장이었나 싶을 정도였다.

알바생들이 지시한 곳으로 뿔뿔이 흩어진 후 남자가 목소리를 낮춰 호달을 불렀다.

"여기 현금 봉투 보관하는 데 있다고 했지. 어디야?"

"그건 왜……."

"왜냐니? 카운터 비었을 때 얼른 들고 튀어야지."

호달은 기가 막혔다. 사장이 물품 대금용으로 매일 채워두는 현금이 있다고 흘리듯 말했던 걸 이렇게 이용할 줄이야. 역시 사기는 아무나 치는 게 아니구나 싶었다.

"그렇게 가져가는 건 절도잖아요. 여기 시시티브이에 다 찍히는데."

"찍히거나 말거나 어차피 네 돈 아니야? 딱 받을 만

큼만 가져가면 되는 거지."

남자의 말이 영 틀린 건 아니었다. 매니저가 곶감 빼먹듯 현금에 야금야금 손을 대곤 호달의 알바비로 채워놓곤 했기 때문이었다. 호달은 잠시 망설이다 카운터 안으로 들어가 금고 아래 서랍장을 열었다. 남자가 재빨리 뒤쫓아 들어와 서랍 안을 뒤져 봉투를 찾아냈다.

"정말 이래도 돼요?"

막상 두툼한 봉투 안에 든 현금을 보자 호달은 가슴이 벌렁거렸다. 남자야 받을 돈만 챙겨 가버리면 그만이지만 뒷일은 고스란히 호달의 몫이었다. 고시원에서 내쫓긴 것도 모자라 창창한 나이에 철창신세까지 지게 된다면 인생은 일찌감치 망한 셈이 되는 것이다.

"얼마라고 했지, 받을 돈이?"

돈을 본 남자가 흥분한 얼굴로 물었다.

"이건 좀…… 아닌 것 같아요."

호달이 남자의 손을 잡으며 말했다.

"무슨 소리야! 이제 와서."

"이럴 거면 고시원에서 쫓겨나면서까지 기다리지도

않았죠."

남자는 호달의 반응이 어이없다는 듯 돈봉투를 들고 버텼다.

"정직한 방법으로는 안 돼, 이런 놈들은. 여태 당하고서도 몰라?"

"그건 아저씨가 할 말은 아니지 않아요?"

두 사람이 카운터 안에서 실랑이를 벌이는 동안 좌석 점검을 마친 알바생이 돌아왔다.

"저…… 사장님, 다 했는데요."

당황한 남자가 재빨리 봉투를 접어 주머니에 넣으려고 했다. 그 순간을 놓치지 않고 호달이 그의 팔을 당겼다. 그 바람에 봉투가 툭, 소리를 내며 바닥에 떨어지고 안에 든 현금이 쏟아졌다. 비로소 이상한 낌새를 눈치챈 알바생이 조심스럽게 카운터 입구로 다가오며 물었다.

"사장님…… 맞으신 거죠? 제가 뵌 적이 없어서."

"아니면! 내가 여기 왜 있겠나?"

목소리가 조금 떨리긴 했지만 남자는 기세를 굽히

지 않았다. 마침 다른 두 알바생도 일을 마치고 자리로 돌아왔다. 무슨 일인지 모르고 아직 어리둥절해 있는 두 알바에게 카운터 입구에 서 있던 알바가 눈으로 경고 사인을 보냈다.

"저기, 일단 돈은 제자리에 돌려놓으시고 매니저님한테 연락해도 될까요?"

정중했지만 의심이 가득한 목소리였다.

"뭐야? 지금 내가 도둑질이라도 한다는 거야! 내 돈을?"

"그게 아니고, 저희가 사장님 얼굴을 모르니까……확인차……."

말끝을 흐리긴 했지만 알바생은 물러서지 않았다. 뒤에서 지켜보던 다른 한 명이 눈치껏 전화기를 들고 매니저에게 통화를 시도했다. 제발, 받지 말아라. 받지 마. 호달이 기도하는 마음으로 간절히 바랐지만 기어코 전화기 너머로 익숙한 매니저의 목소리가 들려오고야 말았다.

ㅡ 야, 밖에 있을 때 전화하지 말라고 했지!

― 죄송한데…… 가게에 사장님이 나오셔서요.

다시 한번 도망칠 타이밍이었다. 호달은 탈출구를 찾아 두리번거렸다. 조리대가 있는 뒤쪽은 막혀 있어 빠져나갈 방법이 없었다. 카운터 쪽은 알바생들에게 막혔고. 이대로 매니저와 맞닥뜨리기라도 한다면……. 생각하기조차 싫었다. 저 인간을 믿은 게 잘못이었다. 어설프게 도망치다 잡힌 것도, 영상을 찍은 것도, 하필 지하철 맞은편에 앉은 것도, 배고픔을 참지 못해 주방을 기웃대다 총무와 마주친 것도 다 내 잘못이다. 아니, 애초에 태어난 것부터가 잘못된 시작이었다. 식은 땀을 흘리며 호달이 자학의 늪으로 빠져드는 사이 남자가 알바생의 전화를 낚아채곤 대뜸 소리를 지르기 시작했다.

― 너 이 자식, 근무 시간에 자리 이탈하지 말라고 했지! 도대체가 몇 번을 말해야 알아 처먹을래. 아무리 조카라도 봐주는 데 한계가 있는 거야. 내가 니 애비 얼굴 봐서 참고 넘어가려고 했는데, 알바생 월급까지 떼먹어? 이번엔 안 되겠다. 어디야, 당장 피시방으로

튀어 와!

그가 쉴 틈 없이 고래고래 소리를 질러대는 통에 상대편에서 뭐라고 대꾸하는지도 들리지 않았다. 상황은 다시 역전되었다. 그는 화를 참을 수 없다는 듯 전화를 거칠게 끊고는 바닥에 떨어진 돈봉투를 집어 들었다. 하지만 난리 통에도 처음 그를 의심했던 알바생만은 꿋꿋하게 현금을 사수했다.

"그건, 매니저님 오실 때까지만 제가……."

거의 우격다짐식으로 돈봉투를 뺏어가는 데는 그도 어쩔 수 없었는지 결국 손을 놓고 말았다.

"이거를…… 정확하다고 해야 되나, 고지식하다고 해야 되나, 참 내! 아무튼지 간에 두고 보자고."

그는 입맛을 다시며 카운터 밖으로 나가 손님용 의자에 앉았다. 호달도 그를 졸래졸래 따라 나왔다. 일단 퇴로는 확보되었으니 안심이었다.

"멀뚱히 서 있지 말고 시원한 커피라도 한 잔 가져와!"

그 말에 제자리를 찾은 알바생들이 허둥지둥 움직

였다. 남자 옆에 바짝 붙어 서 있던 호달이 그의 다리를 툭 차며 속삭였다.

"그만 나가요."

그는 잠자코 있으라는 듯 한쪽 눈썹을 치켜올리며 안을 향해 "두 잔!" 하고 외쳤다. 얼음이 가득한 투명 플라스틱 컵에 담긴 아이스커피가 금방 손에 들렸다.

"가자고요!"

나직하고 다급한 호달의 독촉에 마지못한 듯 일어선 남자가 창가로 밖을 내다보는 시늉을 하며 외쳤다.

"저, 저 자식, 걸어오는 뽄새 봐라."

그러나 창밖엔 무심히 지나치는 행인들뿐이었다.

"늬들 여기서 딱 기다려. 오늘 아주 날 잡자고!"

카운터를 향해 제법 세게 으름장을 놓고는 그가 출입문을 열고 먼저 나갔다. 도대체 어떻게 살았기에 저런 배짱이 생긴 걸까. 호달은 속으로 혀를 내두르며 슬그머니 그를 따라 탈출했다.

실패한 영웅

쫓기듯 건물을 빠져나온 뒤 남자가 못마땅한 표정
으로 호달에게 쏘아붙였다.

"다 된 밥에 재를 뿌려도 유분수지!"

괜히 미안해진 호달이 변명하듯 대답했다.

"훔치자는 건 줄 몰랐죠. 어떡해요, 그럼."

"알았으면, 뭐? 도둑질도 손발이 맞아야 해먹지, 나
원. 이런 아마추어한테 뭘 기대한 내가 등신이다, 등신
이야. 내 돈은, 이제 어쩔 거야?"

숫제 빌려준 돈 내놓으라는 식으로 닦달하는 그 앞
에서 호달은 할 말을 잃었다. 그러게 사기를 치려면 있

어 보이는 사람을 고르던가. 딱 봐도 돈 나올 구멍 하나 없어 보이는 호달을 고를 게 뭐란 말인가.

"부모님은? 연락 안 돼?"

"돌아가셨어요."

"뭐? 둘 다?"

"아부지는 돌아가셨고, 엄마는…… 잘 모르겠어요."

"무슨 말이야 그게?"

"얼굴도 본 적 없어요. 낳기만 하고 도망갔거든요."

남자가 어흠, 하고 작게 헛기침을 했다.

"그럴 거 없어요. 익숙해진 지 오래니까."

부모님 얘기가 나올 때마다 사람들의 반응이 한결같았으므로 호달은 습관적으로 방어막을 쳤다. 남자가 또다시 헛기침을 하더니 대꾸했다.

"거짓말하는 거 아냐? 불쌍해 보이려고. 그래 봐야 어차피 선처는 없겠지만."

"하, 진짜……."

단 한 번의 기대도 저버리지 않는 남자였다. 화가 치밀어 고개를 홱 돌리는 순간, 멀찍이서 얼핏 익숙한 실루엣이 시야에 걸렸다. 본능적으로 위기를 감지한 호달이 남자의 팔을 잽싸게 끌어당겼다.

"왜 이래!"

"그냥 따라와요! 조용히 하고."

영문을 몰라 뻗대던 남자도 뭔가 심상치 않음을 눈치챘는지 호달이 당기는 대로 순순히 끌려왔다. 둘은 근처 버스정류장 기둥 뒤에 몸을 숨겼다. 역시 호달의 감이 맞았다. 화가 머리끝까지 난 얼굴로 씩씩대며 매니저가 피시방을 향해 걸어오고 있었다. 어지간히 급히 달려왔는지 늘 따라다니던 똘마니들도 없이 혼자였다.

"저 자식이구만. 제대로 열받은 모양인데."

호달의 등 뒤에 바짝 붙어선 남자가 흥미롭다는 듯 속삭였다. 이게 다 누구 때문인데……. 호달은 매니저에 대해 남 일처럼 말하는 남자가 얄미웠다. 밀린 알바비를 받기는커녕 이제는 도리어 잡히지 않게 피해 다녀야 할 판이었다.

"아저씨 때문이잖아요! 어떡해요, 이제."

"나가서 붙어볼까? 일 대 이잖아. 할 만하지 않아?"

"참도 그렇겠다."

작지만 다부진 체격의 매니저는 뒷골목 세계에서 잔뼈가 굵은 인물이라는 소문이 있었다. 사실인지는 몰라도 청소년 시절의 절반을 소년원에서 보냈다는 말을 들은 것 같기도 했다.

"가자."

말릴 틈 없이 튀어 나가려는 그를 호달이 붙잡았다.

"만만한 상대가 아니에요. 칼 같은 거 있을지도 모른다고요."

그 말에는 남자도 주춤했다. 안 그래도 지랄 맞은 성깔을 있는 대로 돋궈놓은 지금이야말로 최악의 타이밍이었다. 다행히 매니저는 숨어서 지켜보는 두 사람을 발견 못 하고 건물 안으로 들어갔다. 그들이 도망친 걸 알게 되면 애꿎은 알바생들을 잡도리할 게 뻔했다. 그거야 뭐, 안 됐긴 했지만 여태 편하게 일하고 돈을 받아 갔으니 한편으론 쌤통이지 않은가. 언제나 혼자 당하며 살 수는 없다고 고소해하던 찰나 주머니에서 휴대폰이 요란하게 진동했다. 아니나 다를까 매니저였다.

호달은 어떡해야 할지 몰라 남자를 쳐다보다 폭탄이라도 처리하듯 휴대폰을 넘겼다. 얼떨결에 호달의 휴대폰을 손에 쥔 남자도 난감한 표정이었다. 차라리 끊어지게 두는 게 나았으련만 남자가 종료 버튼을 누른다는 걸 잘못해서 통화 버튼을 누르고 말았다. 기다렸다는 듯 성난 목소리가 터져 나왔다.

— 야, 이 새끼야! 너 어디야. 당장 피시방으로 안 튀어와?

두 사람은 아무 말도 못 하고 눈만 뚱그렇게 뜬 채 마주보다 휴대폰을 꺼버렸다. 띠리릭, 통화 종료음과 동시에 왁왁대던 목소리도 사라졌다.

"돈 받기는 글렀네."

남자가 실망한 목소리로 뇌까리며 정류장 벤치에 털썩 앉았다. 그래, 어쩌면 잘된 일인지도 몰랐다. 이쯤에서 그가 포기하고 물러나 준다면 그나마 짐 하나는 더는 셈이 될 테니까. 이젠 고시원에서 쫓겨나고 매니저에게도 제대로 찍혔으니 이 동네에 붙어 있을 수는 없었다. 호달은 그가 가고 나면 매니저를 피해 갈 수 있는 데까지 걸어가 봐야겠다고 마음먹었다. 그다음엔? 그다음이야 뭐……. 이 더운 날씨에 밖에서 며칠 잔다고 얼어 죽지는 않겠지. 거기까지 생각이 미치자 한결 홀가분해졌다. 호달은 남자의 얼굴을 살피며 슬그머니 벤치 옆자리에 앉았다. 그는 나름 심각한 고민에 빠진 듯 미간을 찌푸리며 턱을 만지작댔다.

"아까 영상 찍은 건 죄송해요. 친구들한테도 다 지우라고 했어요. 이미 유포된 건…… 찾는 족족 지울 거고요. 그러니까 너무……."

그러나 나름 예의를 갖춘 작별 인사가 끝나기도 전에 남자가 눈을 빛내며 호달의 말을 잘랐다.

"우리 잠복하는 거 어때?"

드디어 마무리되는 거 아니었나? 호달은 이건 또 무슨 뜬금없는 소린가 싶어 그를 멍하니 바라봤다.

"저 자식 도박한다며?"

"네……."

"그것도 불법으로 사이트까지 운영하면서. 맞지?"

"그렇긴 한데……. 신고해도 소용없어요. 기껏해야 도메인 차단하는 게 전분데 사이트가 한두 개도 아니고, 그것도 시간이 얼마나 오래 걸리는지……."

"그러니까 잠복을 하자는 거지. 우리가 현장을 찾아서 덮치는 거야, 경찰이랑 같이. 잘만 되면 신고 포상금도 받고, 밀린 월급도 받을 수 있지 않겠어? 어때, 굿 아이디어지?"

남자가 주절거리는 호달의 말을 끊고 목소리를 높였다. 바라던 마무리는커녕 어째 점점 일이 커지는 것 같아 께름칙했다.

"잘 못 되면요?"

"잘 못 될 게 뭐 있어? 그래 봐야 본전이지. 너, 지금껏 피땀 흘려 일한 월급 이대로 떼어먹혀도 아무렇지 않아? 이거는 사회 정의를 위해서도 절대 안 될 일이야. 내가 또 이런 꼴은 못 보거든."

웬만하면 포기해도 좋으련만 남자는 호달의 대답도 듣기 전에 이미 마음을 굳힌 모양이었다. 자기 돈도 아니면서……. 아니다, 일부는 그의 돈이 될 예정이니 아주 남의 돈이라고 할 수만은 없었다. 아무튼 한번 정한 목표를 포기하지 않는 근성만은 놀라울 지경이었다. 호달은 그의 그 끈질기고 집요한 근성에 왠지 모를 기대가 생겼다. 사기꾼이기는 하지만, 돈을 받으면 홀랑 뺏어갈 인간이기는 하지만 어쨌든 지금 호달 편에서 싸워줄 유일한 아군은 남자뿐이었다. 그래, 밑져야 본전이다. 까짓것 될 때까지 해보지, 뭐.

"어떻게 하면 돼요?"

"일단 여기서 기다리는 거야. 그러면 매니저가 나오겠지? 보나 마나 제 아지트로 갈 거고."

호달이 침을 꿀꺽 삼키며 고개를 끄덕했다.

"우리는 눈치 못 채게 뒤를 밟아서 현장을 찾아내는 거지. 거기서부터가 진짜야. 차분히 주변을 탐색하면서 증거를 수집해야 돼. 드나드는 사람이 누군지, 무슨 일을 꾸미는지……. 배달원으로 위장해서 내부를 살펴봐도 좋고. 그러면 더 확실한 증거를 찾을 수 있겠지?"

"그다음엔요?"

"그러면 끝이지. 증거가 있으니까 신고하고, 체포하고, 우리는 돈을 받아서 기분 좋게 헤어지면 되는 거야. 오케이?"

말이야 쉽지. 따지고 보면 치밀한 계획도 없이 무작정 따라가자는 말이나 마찬가지였다. 과연 가능할까 싶은 시나리오긴 했지만 남자는 확신에 찬 표정이었다. 그래도 딱히 뾰족한 수가 없으니 이대로 포기하려는 게 아니라면 해보는 수밖에 없다.

'밑져야 본전, 밑져야 본전……'

호달은 그렇게 속엣말을 중얼대며 마지못해 고개를 끄덕였다.

남자와 호달은 버스정류장 벤치에 앉아 매니저가 나오길 기다렸다. 한낮의 햇볕은 아직 따가웠다. 버스에 사람들이 우르르 타고 내릴 때마다 둘은 한쪽으로 몸을 나란히 기울였다. 땀에 전 옷과 몸에서 시큼한 냄새가 올라왔다.

"뭐 하느라고 안 나오는 거야."

얼마 지나지 않아 남자가 무료한 듯 중얼거렸다.

"지 꼴리는 대로 하는 놈이니까요. 아마 이참에 알바생들한테 스트레스 풀고 있겠죠. 욕하고 때리고, 기합 주고……."

호달은 덩치만 큰 어린 녀석들을 부하처럼 끌고 다니며 조폭 흉내 내던 매니저를 떠올리며 진저리쳤다.

"너도 참 답답하다. 까짓 알바야 그만두고 새로 찾으면 될걸 뭘 하러 미련하게 견디고 있었어."

"아까 말했잖아요. 고졸에, 기술도, 체력도 없는데 어디 간들 별다르겠어요. 다 거기가 거기지."

날씨만큼이나 지지부진하고 맥 빠지는 대화가 띄엄띄엄 오갔다.

"그런데 왜 하필 벤 존슨이에요?"

문득 생각났다는 듯 호달이 남자에게 물었다. 직사광선을 받아 발갛게 익은 앞이마를 누군가 놓고 간 무가지로 훨훨 부채질하던 그가 반색했다.

"실은 내가 육상선수 출신이거든. 이거 봐, 아직 탄

탄하지?”

남자가 헐렁한 바지를 무릎까지 걷어 올렸다. 깡마르게 보였던 그의 몸은 과연 생각보다 탄력 있었다.

“이래 봬도 내가 전국소년체전 단거리 우승자였다고.”

호달의 반응이 심드렁하자 그는 근육이 도드라지게 힘준 다리를 이리저리 돌리며 은근한 목소리로 자랑을 덧붙였다.

“진짜야. 덕분에 맨 앞줄에서 올림픽 경기 참관까지 했다니까. 88서울올림픽 알지, 몰라?”

88국수집 손자인 호달이 서울올림픽을 모를 리 없었다. 더구나 벤 존슨이라면. 그는 할머니가 걸어둔 액자 속 올림픽 영웅 중 가장 존재감 있는 인물이었다. 그러나 호달은 남자의 으스대는 꼴이 눈꼴시어 일부러 시침을 뚝 뗐다.

“하여간 요즘 젊은것들은 도통 아는 게 없어. 헛똑똑이라니까. 그게 얼마 전 일이라고 벌써 까마득하게 잊나 그래.”

심통 난 사람처럼 투덜거리는 그의 모습이 어이없었다.

"아니, 보지도 못한 걸 어떻게 잊어요. 저 2000년대생이라고요……."

"그래, 그렇겠지. 그럼 내가 자세히 얘기해줄 테니까 잘 들어봐. 그때 말이야, 잠실 주경기장에서 어마어마한 대결이 있었단 말이지. 마하 인간 벤 존슨 대 갈색 탄환 칼 루이스의 빅 매치!"

호달의 항변에도 아랑곳없이 남자가 성급히 말을 이었다. 호달은 기억 속에 선명한 국숫집 벽과 오래된 기사들을 떠올리며 남자의 이야기를 들었다.

"그날 잠실 주경기장에는 8만 명의 관중이 숨죽이고 있었어. 물론 나도 그중 하나였지. 소년체전 단거리 우승자였다고 말했나? 맨 앞줄에 앉았다고."

호달이 고개를 끄덕였다.

"아무튼 출발 장면을 놓칠까 봐 눈도 깜빡하지 않고 있었어. 숨이 막힐 지경이었지. 제자리에, 차려! 구령에 맞춰 3번 레인에 칼 루이스, 6번 레인에선 벤 존슨이 당장이라도 튀어 나갈 듯이 몸을 숙이고, 이어서 탕! 결과가 어떻게 됐게?”

그제야 호달은 영 기억나지 않았던 벤 존슨의 기록이 번쩍 떠올랐다.

“9.79초, 벤 존슨 승.”

“어떻게 알았어?”

남자가 깜짝 놀라 눈을 똥그랗게 떴다. 호달은 대답 없이 픽, 웃었다. 종이에 9.98이라고 엉뚱한 기록을 적은 채 버티던 그가 떠올랐기 때문이다. 그래, 그래서 더 유심히 봤던 것이다. 남자는 헤벌쭉 속없는 웃음을 짓고는 손바닥으로 제 다리를 탁, 쳤다.

“맞아, 9.79초! 세계신기록으로 벤 존슨이 칼 루이스를 꺾어버렸어. 결승선을 통과하면서 팔을 번쩍 드는데 크아~ 얼마나 가슴이 벅차던지.”

어느새 자신의 이야기에 흠뻑 빠져버린 남자가 급기야 벌떡 일어나 노래를 부르기 시작했다.

“원하는 거~쓴 무엇이든 얻을 수 있고, 뜻하는 거~쓴 무엇이건 될 수가 있어…….”

호달이 뜨악한 표정으로 남자를 올려다봤다. 그러나 그는 멈추지 않고 웅변하듯 허공을 쳐다보며 들뜬 목소리로 말을 이었다.

"내가, 그날만큼은 세상 뭐든지 다 될 수 있겠다 싶더라니까."

정류장에 서서 버스를 기다리던 여학생이 그를 흘끗 보곤 옆으로 몇 걸음 비켜섰다. 지하철 안에서 아이 엄마와 큰 소리로 싸우던 남자의 모습이 스쳤다. 고집불통에 자기밖에 모르는 인간이 여기서 또 민폐를 끼치다니. 일행으로서 가만히 있을 수 없었다.

"진짜 현장에 있었던 거 맞아요?"

"뭐?"

"그렇잖아요. 직접 봤다는 사람이 기록도 제대로 모르고……. 그리고 그 사람 사기꾼인데, 아저씨처럼."

할머니가 국숫집 벽에 걸어둔 벤 존슨의 액자 아래에는 딸린 기사가 하나 더 있었다.

"벤 존슨, 약물 복용으로 금메달 삼일천하"

전 세계인의 관심을 한 몸에 받으며 세계신기록을

세우고 금메달을 목에 건 벤 존슨은 결승 직후 실시한 도핑테스트에서 금지약물인 스테로이드 스테노조롤 복용 사실이 발각되어 단 3일 만에 메달을 반납했다. 정직한 노력을 최선이라 여겼던 호달의 아버지는 그 기사를 어머니의 액자 아래 본보기 삼아 코팅해 붙여 두었다. 밀려드는 기자들의 플래시 세례를 피해 도망치듯 공항을 빠져나가던 벤 존슨의 얼굴은 세계에서 가장 빠른 사나이의 영광스러운 그것과는 무척이나 거리가 멀어 보였다. 할머니는 그 기사를 볼 때마다 혀를 차며 못마땅해했다. 그러면서도 속 시원하게 떼버리진 못했다.

"그래도, 저 시커멓고 가난한 놈이 기어코 금메달을 따낸 것이 기특하지. 봐라, 개천에서 용 난 셈 아니냐. 우리 같은 사람한텐 무조건 하면 된다, 할 수 있다! 그런 희망이 필요한 법이란다. 느이 애비는…… 고지식한 게 참 누굴 닮았는지………."

누굴 닮았겠나, 보나 마나 할머니를 닮았을 테지. 호달은 코팅된 기사를 매만지며 들으라는 말인지 혼잣

말인지 모르게 중얼거리곤 하던 할머니를 보며 그런 생각을 했었다.

"벤 존슨 약물복용으로 메달 취소된 거 모르는 건 아니죠?"

뜨악한 표정으로 호달을 내려다보던 남자의 얼굴이 굳어졌다. 그러곤 이내 시무룩해져서 벤치에 도로 털썩 주저앉았다.

"맞아, 그랬지……."

호달은 조심스럽게 남자의 기색을 살폈다.

"세계는 벤 존슨에게 최고를 기대했어. 최고가 아니면 의미가 없었지. 그래서…… 무서웠던 거야. 가난에, 실패에, 다시 배달부로 돌아가는 삶에 따라잡힐까 봐. 그런데 달아나는 사람은 꼭 잡히게 되어 있거든. 무엇에게든 말이야."

그렇게 말한 뒤 그는 다리를 가지런히 모으고 당장이라도 울 듯한 눈으로 자신의 낡은 운동화를 내려다보았다.

"우리 아부지도 달리기 좋아했대요."

괜한 짓을 했나 싶어 미안해진 호달이 말했다.

뜻밖에 아들을 얻은 이후로 호달의 아버지는 술을 한 방울도 입에 대지 않았다. 대신 매일 밤 집 앞 개천을 따라 몇 시간이고 달리기를 했다. 호달의 할머니 김야무 여사는 저러다 아들이 뒤늦게 육상선수가 되겠다고 하면 어쩌나 고민하다가 되기만 한다면 그야말로 불같이 일어나는 인생이 아닌가, 조금 기대를 했다고 한다.

"안 될 게 뭐 있나, 올림픽도 연 나라에서."

그녀는 호달에게 그렇게 말하곤 했다. 호달의 이야기를 듣는 건지 아닌지 남자는 잠잠했다. 더는 할 말이 없어 호달도 입을 다물었다.

시간이 얼마나 지났을까. 기세등등하던 해도 한풀 꺾이고 허리며 어깨도 찌뿌듯해 좀이 쑤실 무렵 호달이 눈을 크게 뜨며 어깨로 남자를 툭, 쳤다.

"나왔어요!"

고개를 푹 숙이고 있던 남자도 허리를 바짝 세우고 목을 쭉 뺐다. 매니저가 막 건물을 빠져나오고 있었다. 알바생들에게 만족할 만큼 분풀이를 했는지 화가 한결 누그러진 얼굴이었다. 그는 자신을 뚫어지게 쳐다보는 시선을 의식하지 못한 채 통화에 열중하며 어딘가를 향해 건들대며 걸어갔다.

미행

"좋아, 이제 시작해볼까."

남자가 재밌는 게임이라도 앞둔 사람처럼 양손을 비비며 일어섰다. 풀 죽어 있던 모습은 온데간데없이 사라지고 한껏 들뜬 모습이었다. 그에게는 모든 일이 게임처럼 가볍게 여겨지는 걸까. 과연 어디까지 매니저를 놓치지 않고 뒤쫓을 수 있을까, 끝까지 쫓는다 해도 도착지가 아지트가 아니면? 그보다 혹시 중간에 발각되면 무사하지 못할 텐데 굳이 위험을 무릅쓸 필요가 없지 않나. 들킨다면 잡히지 않고 도망갈 수 있을까……? 일어서는 그 짧은 순간에도 온갖 경우의 수가 떠올라 머리가 아픈 건 호달뿐인 듯했다. 남자를 따라 느릿느릿 몸을 일으키며 호달은 자기와는 정확히 반대의 성향을 가진 그를 새삼스러운 눈빛으로 쳐다봤다. 그는 한 팔로 호달은 제지하는 시늉을 하며 잠깐 정지해 있다가 매니저와 어느 정도 거리가 확보되자 정류장 밖으로 나섰다.

"여긴 사람이 많은 거리니까 2, 30미터까지 붙어도 안전해. 먼저 나서지 말고 침착하게 내 뒤를 따라와. 시선은 아래로 조금 내리고."

마치 능숙한 탐정처럼 지시하는 폼이 한두 번 해본 솜씨가 아닌 듯했다. 하긴 낮에도 지하철에서부터 고시원까지 호달이 눈치채지 못하게 따라왔으니 정말 한두 번 해본 일이 아닐 수도 있었다. 누군가 자신을 찍게 유도한 뒤 조용히 뒤를 밟아 돈을 갈취하는 수법으로 지금껏 살아왔는지도……. 현장에서 바로 시비 걸지 않고 집 앞까지 쫓았던 건 도망쳐도 소용없도록 하려는 그만의 노하우일 것이었다.

거기까지 생각을 마치자 호달은 그가 얄밉기는커녕

도리어 안심이 되었다.

　매니저는 휴대폰에 대고 연신 뭐라고 지껄이며 삿대질하듯 허공에 손짓을 했다. 사람으로 붐비는 시간임에도 거리 한복판을 차지하고 팔자걸음으로 걷는 게 영락없는 건달이었다. 그의 어깨에 부딪힌 사람들은 불쾌한 표정을 지으면서도 더는 내색하지 못하고 지나쳤다. 반면 그의 뒤를 쫓는 남자와 호달은 사람들과 부딪치지 않으려 몸을 한껏 움츠린 채 조심히 걸어야 했다.

　큰길을 따라 십여 분쯤 걷자 매니저가 개천을 가로지르는 다리를 지나 낡은 빌라가 즐비한 주택가 골목으로 들어섰다. 사람들로 북적대던 상점가와 달리 지나는 사람이 많지 않았다. 남자는 걸음을 늦춰 매니저와의 거리를 두 배 가까이 벌렸다. 조용한 골목에 매니저의 목소리가 쩌렁쩌렁 울렸다.

　"그러니까 새끼야, 사이트 먼저 물갈이하고, 아니이! 장비는 며칠 더 써야 되니까…… 그래, 회원 장부 잘 챙겨라. 거의 다 왔다, 그래.”

한참 통화를 하던 매니저가 휴대폰을 끄고 갑자기 멈춰 서더니 주머니를 뒤져 담배를 꺼내 물었다. 남자도 걸음을 멈추고 문 닫은 상가 건물 옆에 세워진 트럭 뒤로 호달을 잡아끌었다. 그러곤 건물 벽과 트럭의 좁은 틈새로 비집고 들어갔다. 호달이 따라 들어가느라 낑낑대자 그가 조용히 하라는 듯 입술에 손을 갖다 댔다. 골목은 인기척도 없이 고요했다.

“내가 먼저 나갈 테니까 여기 있다가 아무 소리도 안 나면 이십까지 세고 나와.”

소리를 죽이고 그가 말했다. 호달은 침을 꿀꺽 삼키며 고개를 끄덕였다.

“만약에 말소리나 기침 소리 같은 게 나면 나오지 말고 기다리고, 알았지?”

“언제까지 기다려요?”

“내가 다시 돌아올 때까지.”

“네.”

남자가 몸을 앞으로 숙이고 골목 쪽으로 나섰다. 숱

없는 그의 뒤통수가 시야에서 사라지는 것을 보며 호달은 귀를 기울였다. 조용했다. 하나, 둘, 셋, 넷……. 속으로 숫자를 세기 시작했다. 그때였다.

"뭐야!"

"아이쿠, 죄송합니다."

걸렸나? 뒷덜미에서 식은땀이 주르룩 흘렀다. 몸이 벽에 세워둔 막대기처럼 뻣뻣하게 굳는 느낌이었다. 그런데 무슨 일인지 매니저와 남자의 목소리가 한 번씩 들리고는 또 금세 잠잠해졌다. 나가야 되나, 말아야 되나. 기다리라고 했으니 일단은 기다려보자. 다시 숫자를 셌다. 하나, 둘, 셋…… 삼십…… 오십오…… 구십구, 백. 돌아온다던 남자는 감감무소식이었다. 나가볼까? 기다릴까? 고민이 깊어졌다. 목을 길게 빼보았지만 밖의 사정을 알 수가 없었다. 좁은 공간에 가만히 서 있자니 종아리 근육이 무겁게 당겼다. 좋아, 이 정도면 충분히 기다린 것 같다, 나가보자. 호달은 숨을 가다듬고 남자가 나간 방향과 반대로 조심히 움직였다. 여차하면 도망칠 요량이었다.

어?

골목엔 매니저도 남자도 보이지 않았다. 둘 다 어디로 사라진 거지? 당황스러웠다. 그 자리에 서서 주변을 두리번대다 앞으로 몇 발짝 걸었다. 그러자 저만치 앞에서 불이 반짝 켜졌다. 3층짜리 낡은 빌라 입구의 센서등이었다. 불빛 아래서 호달을 향해 손을 흔드는 남자가 보였다. 호달이 그를 향해 뛰려 하자 그가 황급히 팔을 휘저으며 천천히 오라는 신호를 보냈다. 그 역시 천천히 골목으로 나왔다.

"어떻게 된 거예요?"

"그 자식이 생각보다 가까이 있어서 슬쩍 스쳤어."

호달의 눈이 똥그래졌다.

"괜찮아, 내가 앞질러서 들어와 버렸거든. 그놈은 여기를 지나쳐서 오른쪽 골목으로 들어갔어. 따라와 봐."

그의 말대로 빌라를 지나자 오른쪽으로 골목이 하나 나왔다. 그렇지만 길을 따라 늘어선 건물들 중 어디로 들어갔는지 알 방법이 없었다. 호달은 비슷비슷한 모양의 3, 4층짜리 빌라와 상가 건물들이 늘어선 골목을 망연자실한 채 바라보았다. 그러나 남자는 달랐다.

"저 멀리까지는 안 갔을 거야. 골목으로 들어가자마자 내가 따라붙었거든. 근데 그놈이 금방 사라졌단 말이야. 그러니까 이 근처 어디로 들어갔다는 말이지."

"그래도 한 건물 안에 문이 몇 갠데 어디로 들어갔는지 어떻게 알아요?"

"맥 빠진 소리 말고, 방법을 찾아야 할 거 아냐."

"어떻게요?"

"보자, 일단 불 꺼진 집은 빼야겠지?"

그러고 보니 골목 초입에 불이 켜진 집이 생각보다 많지 않았다. 게다가 날이 더워서 창문을 활짝 열고 있는 집도 몇몇 있었다.

"창문이 열린 집도 제외야. 숨길 게 없다는 뜻이니까. 그렇다면…… 불은 켰지만 창문을 닫고, 심지어 거실 창에 커튼까지 친 저 집은?"

남자는 회심의 미소를 지으며 사오 미터 앞 건물의 이 층을 가리켰다. 상당히 일리 있는 추리였다. 필로티 구조의 건물은 1층에 해당하는 부분이 주차장과 창고로 만들어져 있었고, 거기엔 굉장히 수상해 보이는 봉고차와 동네에 어울리지 않는 고급 외제 차까지 한 대 나란히 세워져 있었다.

"이제 저 안을 확인하는 게 문젠데……."

남자가 건물 주변을 이리저리 둘러보며 골똘히 생각에 잠겼다. 그러더니 1층 주차장 경계를 둘러싼 낮은 화단에 올라섰다 내려서 가며 창과 화단 사이의 높이를 가늠하기 시작했다.

"이 화단을 밟고 올라서면……."

"어쩌려고요."

"저기 봐봐, 커튼이 완전히 닫히진 않았잖아. 잘만 하면 카메라로 내부를 찍을 수 있단 말이지. 팔만 닿으면."

그러나 화단은 그의 무릎 높이 정도밖에 안 되었다. 그가 팔을 위로 한껏 뻗어도 창까지 높이는 한참 모자랐다.

"에이, 안 돼요, 안 돼."

"또, 또, 포기할 생각부터 한다. 안 되는 게 어딨어."

고개를 절레절레 흔들며 물러서는 호달을 남자가 흘겨보았다.

"이리 와서 서봐."

"왜요?"

"네가 화단에 서고, 내가 어깨에 올라타면 될 것 같아."

정말로 포기를 모르는 남자였다. 호달은 한숨을 푹 내쉬었다.

"한다고요, 진짜?"

무슨 그런 당연한 걸 묻느냐는 표정으로 남자가 고개를 끄덕였다.

"돈 받기 싫어? 잔말 말고 휴대폰이나 내놔봐."

호달은 자신만만하게 손을 내미는 그에게 휴대폰을 건넨 뒤 어깨에 올라타기 쉽도록 화단에 올라가 쭈그려 앉았다. 그가 가벼운 몸으로 호달의 어깨에 올라타고 호달은 역도 선수라도 된 양 끄응, 소리를 내며 힘겹게 일어섰다.

계획은 어느 정도 성공하는 듯 보였다. 불안하게 휘

청이긴 했지만 남자는 휴대폰을 켜고 팔을 위로 쭉 뻗어 창문에 거의 닿을 만큼 바짝 붙일 수 있었다. 어떤 장면이 찍힐지 알 수는 없지만 제대로 짚기만 했다면 뭐라도 건질 수 있을 것이었다. 호달은 앙상한 남자의 다리를 양손으로 꽉 붙들고 젖 먹던 힘까지 짜내며 버텼다. 그러나 얼마 안 가 어깨가 저릿저릿했고 다리가 후들후들 떨렸다.

"아저씨, 아직 멀었어요?"

대답이 없었다.

"아저씨!"

"가만…… 좀…….."

"네?"

호달이 남자가 하는 말을 들으려 고개를 위로 들던 순간이었다. 카메라를 대고 있던 곳 바로 옆에서 작은 창이 드르륵 열리더니 누군가 고개를 쑥 내밀었다. 호달은 귀신이라도 본 듯 등골이 오싹해졌다. 그는 입에 담배를 문 매니저였다.

"누구쇼?"

예기치 못한 상황이 황당했던지 매니저는 담배에 불붙이는 것도 잊고 팔을 뻗고 있는 남자에게 물었다. 한결같이 뻔뻔하고 능글맞던 남자도 이번만은 꿀 먹은 벙어리마냥 말을 잇지 못하고 어버버댔다. 호달과 남자는 순식간에 무너져 내렸다. 휴대폰이 먼저 바닥에 떨어졌고 이어 퍽, 둔중한 소리와 함께 두 사람이 함께 시멘트 바닥을 굴렀다. 어디 숨어 있었는지 날카로운 비명을 내지르며 고양이 한 마리가 안쪽으로 도망쳤다. 도망쳐야 하는데……. 그러나 바닥에 부딪힌 몸을 그렇게 금방 추스를 수는 없었다. 후다닥, 계단을 내려오는 발소리와 함께 매니저가 그들 앞에 나타났다.

"이게 누구야."

매니저가 느물거리는 웃음을 흘리며 호달을 발로 툭툭 찼다. 호달이 몸을 일으키려다 도로 푹 엎어졌다. 남자가 떨어지며 덮치는 바람에 바닥을 짚은 팔에 충격이 컸던 모양이다.

"안 그래도 잡아 족치려고 찾는 중이었는데, 제 발로

걸어들어왔네.”

“아구구, 나 죽는다.”

옆에서 남자가 죽는소리를 내며 몸을 뒤집었다.

“이건 또 뭐야. 친구냐?”

매니저가 그를 발견하곤 쭈그려 앉았다.

“많이 삭았는데……. 오호, 이제 보니 피시방에서 같이 사기 친 새끼구나?”

그 말에 남자가 발끈해서 몸을 일으켰다.

“뭐어, 사기?”

“아니세요? 본인이 사장님이시라면서요. 나는 이런 삼촌을 둔 적이 없는데.”

“나이로 보면 내가 삼촌뻘이야. 젊은 친구가 무슨 말을 그렇게 함부로 하나!”

“사기꾼 소리 듣기 싫으면 정직하게 사시든가.”

“말 한번 잘했다. 성실한 알바생 등쳐먹은 놈이 누군데…….”

제법 강단 있게 받아치는 남자에게 결국 매니저의 분노가 폭발하고 말았다.

"이런 씨앙!"

매니저는 남자의 멱살을 움켜쥐고 일으켰다. 깡마른 몸이 휘청이며 힘없이 나풀댔다.

"아이고, 깡패가 사람 잡네!"

그러나 암만 소리쳐 봐야 인적 드문 골목길에 남자를 도와줄 사람은 없었다. 아니, 사람이 있었더라도 그들을 향해 도움의 손길을 뻗지는 못했을 것이다. 호달이 가까스로 일어나 매니저에게 달려들었다.

"어쭈, 이것들이 쌍으로 덤벼. 와봐, 어디!"

이번엔 호달이 멱살을 잡혔다. 매니저는 주차장 안쪽으로 호달을 질질 끌고 갔다. 생각보다 힘이 센 것 같진 않았지만 어쩐지 저항할 수가 없었다. 이내 몸이 거꾸로 메다 꽂혔다. 바닥을 짚은 팔꿈치에 얼얼하고 쓰린 통증이 밀려왔다. 그는 호달이 몸을 일으키기도 전에 다시 가슴을 힘껏 걷어찼다. 명치 부근을 제대로 맞았는지 순간적으로 숨이 쉬어지지 않았다.

"허억! 사…… 살려주……."

호달이 다리에 매달려 신음했지만 매니저는 곱씹을

수록 분통이 터진다는 듯 더욱 힘주어 발길질을 해댔다.

"뭐? 누가 누굴 등쳐먹어? 오냐오냐해줬더니 이게 아주 겁대가리를 상실했지!"

호달은 쥐며느리처럼 몸을 웅크리고 바닥을 이리저리 굴렀다. 눈앞이 흐릿해지고 입술에서 피 맛이 났다. 하루 종일 재수가 없더니 결국 컴컴한 동네 구석에서 이렇게 죽는 건가.

"사람이 경황없이 죽으면 이승에 남아 동행할 이를 찾는다네……."

이런 순간이면 늘 머릿속을 맴도는 소리가 다시 들려왔다. 혼자 납골당에 가는 게 아니었다. 텅 빈 그곳에서 소름 끼치는 소리를 내며 따라오던 발소리와 지독한 사기꾼에게 걸려 하루 종일 고생한 일, 그러다 이렇게 두들겨 맞는 것 모두 경황없이 죽은 영혼이 호달을 데려가기 위해 꾸민 계략이 분명했다. 하지만 이대로 죽고 싶진 않은데. 지금 죽으면…….

"야, 이 새끼야! 돈 내놔, 돈!"

쓰러진 호달 위로 발을 들어 올리는 매니저를 밀치며 남자가 소리 질렀다. 중심을 잃은 매니저가 휘청하며 옆으로 쓰러졌다. 때를 놓치지 않고 남자가 그를 향해 몸을 날렸다. 생존을 위한 본능적인 계산이 호달의 머리를 스쳤다. 아마 남자는 곧 나가떨어져 호달과 마찬가지로 두들겨 맞게 될 것이다. 그러는 동안 건물에서 또 다른 패거리가 나올 테고, 그러면 끝장이다. 살려면 남자가 시간을 벌고 있는 바로 지금 도망쳐야 한다. 일단 나라도 살고 보자. 호달은 죽을힘을 다해 몸을 일으키곤 골목을 향해 뛰쳐나갔다. 온몸의 뼈와 근육이 제멋대로 움직이며 천 갈래, 만 갈래로 흩어지는 것 같았다. 그는 이를 악물고 달렸다. 남자가 얻어맞는 소리와 비명, 매니저가 큰 소리로 내뱉는 욕설이 그림자처럼 잇따라 발목을 휘감다 차츰 멀어졌다.

짧은 만남

그는 버스를 모는 것 외에 자신을 위해 뭔가를 원해
본 적이 없었다. 그러나 그녀를 만난 이후 달라졌다.
자기 안에 있는 마음이라는 걸 들여다보게 된 것이다.
단골 승객에 대한 막연한 호기심이 깊은 관심으로 바
뀌어가고 있음을 눈치채는 데는 오랜 시간이 걸리지
않았다. 그는 혼란스러움과 설렘을 동시에 느꼈다. 저
항할 수 없는 무언가에 휘말린 기분이었다. 자기도 모
르게 그녀를 생각하는 시간이 점점 늘어났다. 가끔은
그녀 옆에 있는 자신을 상상하는 것만으로 가슴에 저
릿한 통증이 오기도 했다. 그러나 단지 상상이었을 뿐,

정말로 그녀와 단둘이 밤을 보내게 될 거라곤 생각지 못했다. 그래서 더욱 어리둥절하고 꿈같았다.

그날 그녀는 옅은 술 냄새를 풍기고 있었다. 아니다, 어쩌면 그건 달큰한 그의 땀 냄새였는지도 모른다. 혹은 그녀가 가방에서 꺼낸 위스키병에서 나는 냄새였을 수도 있다. 모든 것이 모호했다. 잔뜩 긴장한 상태로 버스를 이리저리 몰다가 언덕 꼭대기에 세웠을 때, 그는 식은땀을 흘리고 있었다. 뒷자리에서 들리는 훌쩍임에 온 신경을 집중한 채 마치 큰 잘못을 저지르고 혼나길 기다리는 아이처럼 불안해하면서. 그래서 그녀가 권한 술을 거절할 생각조차 하지 못했다.

"나중에 탁 트인 바닷가에서 살고 싶어요. 이런 구질구질한 산동네 말고……."

확실하진 않지만 그녀는 그렇게 말했던 것 같다. 운전석 쪽 창으로 훤히 내려다보이는 동네를 향해 삿대질을 하면서. 아마 그는 히죽히죽 웃으며 고개를 끄덕였던 것 같다.

그녀를 볼 수 없게 된 후로 그는 더욱 과묵해졌고 자

주 생각에 잠겼다.

'그날, 내가 모는 버스를 타지 않았더라면 그녀는 아무 일 없다는 듯 매번 내리던 정류장에 내려 집으로 갔을까? 그랬다면 꾹 참았던 눈물을 집에서 혼자 터트렸겠지. 그리고 다음 날 또 아무렇지 않게 버스를 타고, 내리는 일상을 이어갔을까? 어디로도 사라지지 않고?'

생각이 걷잡을 수 없이 이어지는 날은 도림천을 따라 몇 시간이고 달리기를 했다. 포장도 제대로 안 된 울퉁불퉁한 길을 달리며 그는 얕은 물줄기가 돌에 부딪히는 소리, 시장에서 흘러나온 오수와 합쳐진 물비린내, 공기 중에 매캐하게 섞여 눈을 따갑게 하는 연기, 술 취한 사람들의 고함 같은 것에 주의를 기울이려 애썼다. 하지만 그런다고 생각이 멈춰지는 것은 아니었다. 오히려 땀이 흐르고 숨이 턱 끝까지 차는 동안 정신은 더욱 명료해졌고, 기억조차 나지 않던 그날 밤의 일이 드문드문 떠오르기도 했다. 파편적이고 순서조차 뒤죽박죽인 기억이었다. 진짜 있었던 일인지 아니면 간절한 바람이 만들어낸 상상인지 모를 것들도 있었다. 그는 그녀에 대한 생각을 멈추기 위해 달리기 시작하였으나 어느 순간 오로지 그녀를 생각하기 위해 달리고 있었다.

그날 밤 몰았던 02번 마을버스가 10년간의 운행을 끝으로 폐차 결정이 되자, 그는 버스를 인수하기로 결심했다. 그녀와의 추억이 폐차장 프레스기에 납작하게 짓눌려 고철 덩어리가 된다고 생각하니 숨이 막히는 것 같았기 때문이었다. 수년간 꼬박꼬박 부었던 적금을 미련 없이 깨서 차를 수리하는 데 몽땅 쏟아부었다. 낡거나 고장 날 만한 부품은 모두 새 걸로 교체했다. 하지만 차량 번호와 경유지가 새겨진 외관은 손대지 않고 고스란히 남겨두었다.

그는 쉬는 날이면 버스를 몰고 바다로 이어지는 도로를 헤매기 시작했다. 바닷가 마을에 도착해선 차로 갈 수 있는 곳을 구석구석 돌았다. 혹시라도 그녀와 우연히 마주치지 않을까, 그러면 낯익은 버스를 알아보지 않을까, 하는 기대 때문이었다. 물론 기대하던 일은 일어나지 않았다. 간혹 운행 중인 버스로 착각한 몇몇 사람이 문을 두드리는 일은 있었다. 그럴 때면 행선지를 묻고 무료로 태워주기도 했다. 차가 들어가지 못하는 곳은 내려서 걸어 다녔다. 걷는 동안에는 여기저기 기웃대며 사람들의 얼굴을 유심히 살폈다. 무엇보다 식사는 되도록 식당에서 해결했는데, 그녀가 그 동네에 살고 있다면 식당을 운영하거나, 종업원으로 일하거나, 아니면 손님으로 들어와 마주칠 가능성을 생각해서였다. 말이 많고 서글서글한 주인인 경우라면 외지 사람에 대한 정보를 자연스럽게 물어볼 수도 있었다. 역시 그런 일도 거의 일어나지 않았다.

그의 어머니는 쉬는 날마다 버스를 끌고 어디를 가는지 묻지 않았다. 다만 그에게 매달리며 보채는 어린 호달을 엄한 눈빛으로 떼어놓곤 카운터 바구니에 수북히 담긴 누룽지 사탕을 한 움큼 손에 쥐여주며 "운전하다 졸리면 먹어라." 하고 말했을 뿐이었다. 그러곤 깊은 밤이 되어 희미한 짠내를 묻힌 채 돌아온 그에게 늦은 밥상을 차려주었다. 밥보다 잠이 더 필요한 얼굴이었지만 갓 지은 솥밥과 맑은국, 제철 나물 두어 가지와 김치를 정성스럽게 담아 내놓고, 그가 밥을 먹는 동안 솥에 남은 누룽지에 물을 붓고 숭늉을 끓였다. 그는 꾸벅꾸벅 졸면서도 어머니가 차려준 밥상을 말끔히 비운 뒤에야 잠자리에 들었다. 하지만 막상 자리에 누워서는 잠들지 못하고 날이 밝도록 뒤척이기 일쑤였다.

사실상 시작할 때부터 불가능한 도전이라는 걸 그도 알고 있었다. 그렇지만 그만둘 수 없었다. 딱 한 번만 그녀를 다시 만나고 싶었다. 만나서 물어볼 것이 있었다. 호달이 누구의 아이인지는, 어쩌다 그렇게 된 건지는 궁금하지 않았다. 그것에 대해 캐물어 그녀를 또 울게 하고 싶지는 않았다. 그보다 아이의 아버지로 왜 자신을 선택했는지가 알고 싶었다. 아이의 아버지가 될 수 있다면 그녀의 남편도 될 수 있던 건 아니었는지, 그렇게 말없이 떠나야 했던 이유가 무엇이었는지가 더 묻고 싶었다. 혹시 큰 병에 걸렸거나 위험한 상황에 빠졌던 거라면 이제는 괜찮아졌는지도. 아니, 무탈하게 잘 지내고 있는지만이라도 확인하고 싶었다. 그녀가 원치 않는다면 함께 돌아가자는 요구는 하지 않겠다고 생각했다.

차를 세우고 쉴 때마다 그는 오래전 방바닥에 지도를 펼쳐놓고 도로를 외우던 것처럼 손바닥만 한 수첩 뒷면에 부록처럼 붙은 지도에 점을 찍어 자신이 지나온 길을 표시했다. 앞장에는 그날의 운행 기록을 날짜와 함께 깨알같이 기록했다. 그건 다녀온 곳을 또 가지 않으려는 게 아니라 안 가본 곳을 빠트리지 않고 다 가기 위해서였다.

2005년 3월 10일 목요일

광명IC-제2경인고속-신천IC-오이도항-점심(등대식당, 칼국수, 아버지와 딸이 운영)-수산시장-월곶-소래포구-저녁(김밥천국, 김밥)-남부순환

*어제 종일 근무로 다리가 저렸음. 가까운 곳으로 다녀와 쉬었음.

2005년 3월 16일 수요일

가리봉—서해안고속—행담휴게(박카스)—서산IC—태안항—점심(물결식당, 백반, 노부부)—천리포항—만리포항—파도리(다시 가볼 것, 문닫은 가게 많았음)—저녁(선희네, 순두부찌개, 할머니 혼자 운영)—

서해안고속

*항구 세 군데. 쌀쌀해서 사람이 적었음. 여름쯤 다시 가볼 필요 있음.

그녀가 살만한 곳. 아마······.

:

:

2010년 6월 23일 수요일

난곡입구—서해안고속—화성—평택항—아침(정든집, 콩나물국)—방조제—해안선 가까운 도로 주행—태안—럭키수퍼(껌, 생수)—대천—군산—옛 철길 근처 상점가(봄카페, 커피, 젊은 남자 사장)—변산—동호해수욕장—법성—무안—미래주유소(10만 원)—목포—달성공원(뜨겁고 조용)—해남—저녁(다복집, 미역국)—끝집(전남 영암군 ○○면···)

오 년 동안 매해 수첩 하나씩을 꽉 채우며 기록을 남겼고 2010년 6월 23일이 마지막 운행이었다. 그날은 어쩐지 초조함이 가시지 않아 다음 날 근무 시간까지 바꿔가며 평택에서 군산, 무안을 거쳐 진도와 완도까지 바다를 따라 계속 운전해 내려갔다. 이미 여러 번씩 가본 곳이었지만 잠시도 한눈팔지 않고 느릿느릿 운전하며 지나는 사람들을 살폈다. 그에겐 버스를 지나치는 수많은 사람들 사이에서도 그녀만은 단박에 알아볼 수 있으리라는 이상하고 근거 없는 믿음이 있었다. 그럼에도 오 년이 지나도록 만나지 못했다는 건 그녀에게 무슨 일이 생겼다는 의미가 아닌가. 2003년에 마지막으로 보았으니 그날로부터 따지면 칠 년이었다. 불길한 예감이 자꾸만 짙어지고 있었다.

해 질 무렵 문 닫기 직전의 식당에 들어가 미역국을 시켜 먹고 다시 서울로 출발했다. 초조함 때문인지 속이 불편해 조금만 먹었는데도 체기가 돌았다. 허리를 쭉 펴고 명치 부근을 주먹으로 콱콱 두드려봤지만 소용이 없었다. 마치 돌이 박힌 것처럼 가슴 한복판이 뭉치더니 이내 멀미처럼 메스꺼움이 올라왔다. 결국 그는 길가에 버스를 세우고 뛰어나와 속엣것을 다 게워냈다. 물 같은 토사물이 한바탕 쏟아진 뒤 허리를 채 펴기도 전에 다시 한번 무언가가 속에서 치밀어 올랐다.

우워어억!

위장의 뿌리까지 뽑아낼 기세의 토악질이 아니었다면…… 그녀는 마감 끝낸 가게 문을 열고 밖을 내다보지 않았을 것이다. 그렇다, 그녀였다. 이번에도 예상치 못한 순간에 불쑥 그 앞에 나타난 그녀는 생기가 전혀 남아 있지 않은, 칠 년이 아니라 십칠 년은 더 나이 먹은 듯한 모습으로 그를 바라보고 있었다. 변하지 않은 것이 있다면 버스에 타고 내리던 때와 같은 무심함 뿐. 분명 놀랐을 텐데 표정은 물 빠진 바닷가의 모래사장처럼 고요하기만 했다. 그는 눈물과 콧물과 침으로 범벅이 된 얼굴을 옷소매로 마구 문질러 닦았다.

"어떻게……."

나무 탁자를 사이에 두고 마주 앉은 그녀가 잠긴 목소리로 말했다.

“바닷가에 살고 있을 줄 알았어요.”

그는 탁자 위에 올린 손을 맞잡으며 혼잣말처럼 중얼거렸다.

“미안…… 해요…….”

한동안 침묵이 이어졌다. 만나면 물어보려던 말을 묻지 않았다. 이미 답을 들은 기분이었다. 생각보다 담담했다.

“애 이름이 호달이에요, 이호달. 내 이름은 이문기고요.”

그녀는 말없이 고개만 주억거렸다. 코끝에 맺혀 있던 눈물방울이 테이블 위로 툭, 떨어졌다. 그가 주머니에서 꺼낸 수첩을 한 장 찢어 국숫집 주소를 적었다.

“꼭 오라는 건 아니에요. 아이…… 보고 싶을까 봐.”

그녀는 자기 쪽으로 밀어진 종이를 물끄러미 바라보기만 할 뿐 어떤 대답도 하지 않았다. 그는 오래 기다리지 않고 일어섰다. 뱃속을 휘젓던 메스꺼움은 가라앉았지만 버스를 향해 걷는 동안 몸이 심하게 떨렸다. 열이 오르는 건지 아니면 차갑게 식느라 그러는 건지 이마에 식은땀이 베어 나왔다. 중심을 잃지 않기 위해 한 발, 한 발 힘주어 걸었다. 버스에 오르기 전 잠깐 멈춰서서 귀를 기울였다. 그녀가 뒤따라 나오는 기척은 느껴지지 않았다. 운전석에 앉아 키를 꽂았다. 우르릉, 시동 걸리는 소리가 싸늘한 버스 안을 메웠다. 그녀가 있을, 불 켜진 가게 쪽을 외면한 채 그는 차를 출발시켰다. 참았던 눈물을 터트린 건 버스가 서해안 고속도로로 진입한 직후였다. 오랫동안 쌓이고 쌓여서인지 한 번 시작된 울음은 쉽사리 멈추지 않았다.

다시 혼자

정신없이 골목을 빠져나온 호달이 숨을 몰아쉬며 속도를 늦췄다. 대로변은 좀 전까지 그가 있던 동네와는 딴 세상인 것처럼 환했다. 입구 문을 활짝활짝 열어 둔 상가들에선 시원한 냉기가 흘러나왔고, 저마다 다른 빠른 템포의 음악이 울렸다. 그에 맞춰 사람들의 발걸음도 경쾌했다. 호달은 사람들 사이를 터덜터덜 걸었다. 갈비뼈에 금이라도 갔는지 가슴께가 뻐근했다.

"앗, 죄송합니다."

친구와 무슨 이야기인지 재잘대느라 앞을 제대로 못 본 여학생이 호달과 가볍게 부딪히곤 놀란 눈으로 사과했다. 가벼운 목례로 학생을 보내고 어깨를 내려다봤다. 반팔 티셔츠의 소매 끝에 여학생이 들고 있던 아이스크림이 묻어 있었다. 손가락 끝으로 닦아내 무심결에 혀로 핥았다. 쇳내 나던 입안에 달큰한 바닐라 향이 퍼졌다. 그와 동시에 턱밑이 아리도록 침이 고였다.

'아, 배고파.'

겨우 새끼손톱만 한 아이스크림 얼룩 때문에 파블로프의 개라도 된 듯 식욕이 일었다. 거리는 먹을 것으로 가득했다. 숯불에 지글지글 구워지는 닭꼬치와 맥반석 오징어, 빵틀에서 막 꺼내지고 있는 따끈한 와플, 생으로 잘라 막대에 꽂은 수박과 파인애플, 그리고 널찍한 판에 용암처럼 부글부글 끓고 있는 떡볶이. 굳이 음식점 안까지 들어가지 않아도 시각과 후각을 자극하는 온갖 먹거리가 대놓고 그를 유혹했다. 이런 상황에서도 배가 고프다니……. 땡전 한 푼 없는 신세에, 사기꾼에게 걸려 종일 도망 다니다 흠씬 두들겨 맞고, 치료는커녕 당장 잘 곳조차 없어 밤새 거리를 헤매게 생긴 이런 상황에 말이다. 그런 생각을 하면서도 먹을 것 쪽으로 쉴 틈 없이 돌아가는 시선을 어찌할 수 없었다.

일 년 전만 해도 먹고 잘 걱정을 하게 될 줄은 꿈에도 모르던 호달이었다. 낮이든 밤이든 친구들과 어울려 쏘다니다가도 돌아와 국숫집 문을 드르륵 열면 구수한 훈기가 그를 맞아주었다. 다정한 말 한번 하지 않는 할머니는 피로하고 성난 얼굴로 따뜻한 밥상을 차려 손주를 먹였고, 죽은 아들에게 그러했듯 뜨끈한 숭늉까지 마시는 걸 보고 나서야 상을 거뒀다.

"씨도둑질은 못 한다더니 눈만 뜨면 밖으로 도는 건 대대로 물림이구나. 아무튼지간에 배는 곯지 말고 다녀라."

할머니가 하는 잔소리는 그게 전부였다. 정작 본인은 툭하면 누룽지 사탕으로 끼니를 대신하면서도 먹이는 일만은 정성을 다했다. 해마다 아들의 기일에도 할머니는 집에서 만든 제사 음식을 흐트러짐 없이 싸서 납골당을 찾았다. 바닥과 맞붙은 영정사진 앞에 돗자리를 깔고 준비해간 목기에 생선과 전, 나물, 과일 등을 올렸다. 호달은 그런 할머니가 유난이라고 여기면서도 시키는 대로 음식을 놓고 향을 피우고 절을 했다. 음복까지 마치고 돌아갈 때가 되어서는 누룽지 사탕까지 수북이 쌓아두었다.

'맞다!'

힘없이 사람들 사이를 걷던 호달은 주머니를 뒤져 낮에 넣어두었던 누룽지 사탕을 찾았다. 또다시 턱밑이 시큰하도록 침이 고였다. 이번에는 납골당에서처럼 와드득 깨물지 않고 혀로 천천히 굴려가며 녹여 먹었다. 코를 찌르는 자극적인 음식에 비할 바는 아니지만 심심한 단맛이 식도를 타고 내려가며 빈속을 달래주는 느낌이었다. 그제야 자기가 버려두고 온 남자가 떠올랐다. 괜찮을까? 설마 아직도 맞고 있는 건 아니겠지. 매니저 자식 아무리 막 나간다 해도 사람을 죽이지는 않을 거야. 그럴 만한 위인은 아니지, 겨우 동네 양아치일 뿐인걸. 게다가 그 남자도…… 양심 없이 남 등쳐먹으려 혈안 돼 있는 건 똑같은데. 나쁜 놈들끼리 치고받다 죽든 말든 신경 쓰지 말자.

'자업자득이지 뭐,'

호달은 생각했다. 사기든 폭력이든 그들은 그들 나름의 방식으로 제 삶을 꾸려가고 있는 것이었다. 그보다 등신처럼 제 앞가림 못 하고 이리저리 치이기나 하는 자신을 걱정해야 할 때였다. 그러고 나니 오히려 마음이 편안해졌다. 물에 빠져 허우적대다 바닥에 닿은 느낌이었다. 이제는 그대로 익사하거나 아니면 다시 떠오르거나 둘 중 하나였다. 어떡할까? 피시방으로 다시 갈까? 하지만 생각만 해도 기가 질렸다. 멀쩡한 상태에서도 이 지경이 되도록 맞았는데……. 아무래도 당장은 무리였다. 움직일 때마다 경고하듯 맞은 곳이 쿡쿡 쑤셨다.

궁리 끝에 호달이 향한 곳은 고시원이었다. 쫓겨나다시피 나온 곳이었지만 그나마 그에게 남아 있는 단 하나의 친숙한 장소였다. 눈엣가시 같은 호달을 쫓아냈으니 오늘만큼은 총무의 감시가 느슨해졌을 것이다. 잘만 하면 고시원에 몰래 들어가 잘 수 있지 않을까. 그러려면 조력자가 필요했다. 냉장고의 반찬을 다 털어먹은 죄가 있었지만 그래도 서로의 구질구질한 형편을 모르는 바가 아니지 않나. 부디 안타까운 마음으로 아량을 베풀 사람이 있기를 바라며 언덕을 올랐다.

몇 시나 되었을까? 급하게 도망치느라 바닥에 떨어진 휴대폰을 챙기지 못한 호달은 드문드문 불이 들어온 창을 올려다보며 시간을 가늠해보려 애썼다. 여덟 시에서 아홉 시 사이면 야간 경비 일을 하는 3층 손 아저씨가 나갈 채비를 하느라 방에 있을 테고, 그보다 더 늦은 밤이라면 이삿짐센터 일을 마친 2층 김 아저씨가 야식을 먹기 위해 일어날 시간이었다. 무슨 일을 하는지 몰라도 거의 대부분의 시간을 방 안에 틀어박혀 지내는 호달 또래의 안경잡이도 있었는데, 방이 건물 맨 꼭대기인 5층에 있어 불러낼 방법이 없었다. 아직 2층에 불 켜진 창은 보이지 않았다. 손 아저씨 방에는 창이 없으니, 밖으로 나오다 우연히 마주치길 기다리는 수밖에 없었다.

호달은 고시원 입구를 주시하며 총무가 쓰레기 더
미와 함께 내놓은 비닐봉지 옆에 쪼그려 앉았다. 그의
물건이 담긴 봉지는 벌써 누군가 뒤져본 모양인지 입
구가 풀어헤쳐져 있었다. 쓰레기 봉지들과 나란히 있
으니 그 역시 쓸모없는 폐기물이 된 기분이었다. 바닥
에서 퀴퀴하고 지릿한 냄새가 올라왔다. 주머니에서
남은 누룽지 사탕을 꺼내 하나씩 입에 넣었다.

"술, 그노무 술보다 무서운 게 있었단 말이지."
이따금 할머니는 국숫집 바닥에 앉아 멸치를 다듬
으며 그렇게 중얼거렸다. 어린 호달은 그 무서운 것의
정체가 너무나 궁금했지만 물어볼 수 없었다. 아깝게
패한 경기를 복기하는 선수처럼 미간을 찌푸리고 골
똘히 생각하는 그녀의 표정이 지나치게 심각하고 화
나 보였기 때문이었다. 물어볼까 해서 가까이 다가갔
다가도 할머니가 앞치마 주머니에서 꺼낸 누룽지 사
탕을 깨무는 소리에 놀라 비척대며 물러서고 말았다.
그 소리를 들을 때마다 사탕 안에도 척추와 갈비뼈, 관절 같은 게 있어서 한꺼번에 으깨지는 상상을 했다. 와득, 비척, 와드득, 비치적, 와득와득, 후다닥 풀썩.

"왜, 배고프냐?"

부산한 기척에 고개를 든 할머니는 뒷걸음질 치다 맥없이 엎어진 호달에게 묻곤 했다. 그러면 무안한 마음에 화장실 핑계를 댔다. 할머니는 그에게도 사탕 하나를 건네고 일어섰다. 화장실이 상가 2층으로 올라가는 컴컴한 계단참에 있었기 때문에 겁 많은 호달은 혼자서 갈 수 없었다. 일단 화장실에 들어가면 마렵지 않아도 기어코 오줌을 짜내야 안심이 되었으므로 시간이 꽤 걸렸다. 호달이 누룽지 사탕을 입안에서 살살 녹여가며 지루한 실랑이를 하는 동안 할머니는 불투명한 유리가 끼워진 새시 문밖에서 자신과 아들, 즉 호달의 아버지 이야기를 남 얘기하듯 무덤덤하게 풀어놓았다. 서울올림픽 개막식으로부터 장례식에 이르는 이야기는 잘게 나뉘어 화장실에 갈 때마다 돌림노래처럼 되풀이되었다. 호달은 그때만큼은 딱딱했던 할머니의 말투가 입안에서 녹아내리는 사탕처럼 미묘하게 둥글려지는 느낌을 받았다.

　시간을 알 수는 없었지만 주변의 어둠이 점점 농도를 더해가고 있었다. 호달은 쪼그린 다리를 번갈아 펴가며 끈기 있게 기다렸다. 오늘따라 다들 깊은 잠에 든 것인지 아직 건물 안에서 아무런 변화가 없었다.

　신림동 고시촌에서도 제일 막바지에 위치한 이 동네는 해가 저물고 나면 모든 사물이 색을 잃는다. 언덕 중간에 위치한 구멍가게의 간판 불빛만이 수명이 다한 등대처럼 흐릿하게 근처를 비출 뿐이다. 땅에 납작 달라붙은 채 검게 웅크린 것들은 거대한 하나의 그림자처럼 서로 형체를 합쳐 호달을 위협하곤 했다. 어릴 적 겁에 질려 상가 화장실을 드나들던 때만큼은 아니지만 그는 어둠이 무서웠다. 아니, 정확히 말하자면 그 안에 무언지 절대 알 수 없는 것이 숨어 있는 것 같아 두려웠다. 무엇인지 모르기에 대비할 수 없는 것, 그러나 호시탐탐 공격할 기회를 노리며 그를 관찰하고 있을 사악한 어떤 것. 아버지나 할머니의 죽음도 어쩌면 그래서 막지 못한 것이 아닐까. 그럼에도 호달은 자기가 휴일마다 버스를 몰고 아내를 찾아 나서던 아버지에게 놀아달라고 더 극성맞게 졸랐더라면, 할머니가 가스불을 켠 채 깜빡 잠들기 전에 집에 돌아왔다면, 하는 자책으로 밤마다 괴로웠다.

춥지도 않은데 왠지 팔에 소름이 돋았다. 언제까지 기다리고 있을 수만은 없었다. 뭐라도 시도해볼 생각에 풀어헤쳐진 비닐봉지를 끌어당겼다. 익숙한 옷가지와 짐이 보였다. 돈 되는 물건은 하나도 없지만 손때 묻은 물건들이 눈에 띄자 안도감에 옅은 미소가 지어졌다. 팔을 깊이 넣어 안을 휘저었다. 빳빳하고 두툼한 책이 잡혔다. 고등학교 입학을 앞두고 할머니가 사준 영어사전이었다. 휴대폰 검색으로 뭐든 해결이 가능한 세상에 종이사전이 무슨 필요가 있으랴마는 말해봤자 할머니에겐 소용없는 일이었다. 그녀는 뭐든 손에 잡히는 게 확실한 법이라며 굳이 서점을 찾아가 팔리지도 않는 사전을 비싼 값으로 사 왔다. 그날 이후

책장에서 빼낸 적이 없어 육칠 년 지난 지금도 새것이나 마찬가지였다.

'그래, 어차피 앞으로도 볼 일이 없을 텐데. 몇 장만 쓰자.'

망설이듯 사전을 이리저리 뒤집어 보던 호달은 할머니에게 미안한 마음을 누르며 속지 몇 장을 뜯어 동그랗게 뭉쳤다. 그리곤 복도 중간쯤에 있는 김 아저씨 방 창문을 향해 던졌다.

틱!

제대로 맞긴 했지만 종이가 얇아서 그런지 창에 부딪히는 힘이 약했다. 떨어진 뭉치를 다시 집어 좀 더 힘껏 던졌다.

톡!

역시 마찬가지였다. 종이 뭉치를 들고 건물 주변을 서성이다 이번엔 재활용 쓰레기가 든 봉투를 뒤지기 시작했다. 음료수병은 던지면 깨질 테고 알루미늄 캔은 소리가 너무 클 거였다. 몸을 수그리고 앉아 한참을 고르고 고른 후에야 작은 페트병 하나를 찾아냈다. 납작한 모양으로 만들 요량으로 바닥에 놓고 밟았다. 욱 신대는 몸이 말을 잘 듣지 않았다. 콱, 콱, 콰직! 몇 번의 시도 끝에 제대로 힘을 실어 밟나 싶었는데 그만 발목이 삐끗하며 재활용 쓰레기 더미 위로 쓰러지고 말았다. 빈 병들이 와르르 쏟아지고 부딪치며 골목에 요란한 소리가 울렸다. 뜻밖의 소란에 가슴이 철렁한 호달이 양철 로봇처럼 삐걱대며 몸을 일으키다 얼어붙었다. 2층 언저리 창에 불이 켜진 것이다. 복도 끄트머리 세탁실 부근이었다. 저녁 시간에 세탁기 사용은 금지였다. 그렇다면…… 총무? 그때, 창가에 검은 그림자가 어른거리더니 창문이 활짝 열렸다. 호달은 처량한 모양새로 여전히 삐걱대고 있었다.

"야……, 너!"

낮은 소리로 그를 부른 것은 다행히 김 아저씨였다. 호달은 반가움 반, 무안함 반으로 손을 흔들어 구조 요청을 했다.

"어떻게 된 거야, 쫓겨난 거야?"

런닝 바람으로 달려 내려온 김 아저씨가 놀라서 물었다. 호달이 힘없이 고개를 끄덕였다.

"그래서 그 자식이 꼭두새벽부터 지랄을 떨었구만."

"왜⋯⋯요?"

"말도 마라. 1층부터 5층까지 싹 돌면서 방문 다 열어 보고 위생 관리가 어떻네, 저떻네 생트집을 잡더라고. 난 또⋯⋯ 건물에 바퀴벌레라도 퍼진 줄 알았지. 위층 손 씨가 월세 내고 사는 동안에는 세 방인데 무슨 상관이냐고, 냉장고 관리나 잘하라고 따지는 바람에 한바탕 난리가 났었어."

그 말에 뜨끔해진 호달이 머리를 긁적였다.

"반찬은⋯⋯ 죄송하게 됐어요."

"너였어?"

"그게⋯⋯ 일부러 그런 건 아니고요. 총무가 너무 갑작스럽게 몰아붙이는 바람에 저도 뭔가 좀 억울한 감이 있어서⋯⋯."

"그래도 그렇지, 여기 사람들 먹는 데 예민한 거 알면서 그래? 다 한 끼 먹고 살자고 아둥바둥하는 사람들인데.”

“……”

입이 열 개라도 할 말이 없었다. 김 아저씨가 담배를 꺼내 입에 물고 호달에게도 불을 붙여 건넸다. 둘은 담벼락에 나란히 기대 말없이 담배를 피웠다. 연기를 빨아들일 때마다 불꽃이 빨갛게 달아오르며 타들어 가는 소리가 났다.

“갈 데는 있어?”

바로 그것 때문에 여기까지 찾아왔으면서도 호달은 차마 입이 떨어지지 않았다.

“뭐…… 알아봐야죠, 이제.”

“몸 잘 챙기고. 우리 같은 사람은 몸뚱이가 재산이야.”

담뱃불을 손가락으로 튕겨 끄며 김 아저씨가 말했다. 호달도 마지막 모금을 길게 빨고 꽁초를 바닥에 떨어뜨렸다.

“사내 녀석이 축 쳐져선. 힘내!”

혼자 들어가기가 영 미안한지 아저씨가 호달의 어

깨를 툭툭 쳤다.

"저……, 아저씨."

"응."

"혹시……."

호달은 입술을 잘근잘근 씹다 엉뚱한 말을 하고 말았다.

"파스 같은 거 있으세요?"

김 아저씨는 그의 몰골을 물끄러미 바라보더니 주머니를 뒤져 꾸깃꾸깃한 만 원짜리 한 장을 찾아 손에 쥐여주었다.

"이걸로 파스를 사서 붙이든지 찜질방이라도 가서 씻고 한숨 자든지 해."

"고맙습니다."

푹 잠긴 목소리로 호달이 인사했다. 아저씨는 슬쩍 손을 들었다 떨구고 건물 안으로 종종걸음쳐 들어갔다.

이제 진짜 혼자였다. 더는 여기에 남아 있을 구실도

명분도 없었다. 갈 데는 없지만 머물러 있을 수는 더더욱 없다는 걸 깨달은 호달은 씁쓸함을 삼키며 제 짐이 담긴 비닐봉지에서 당장 필요한 몇 가지 물건을 챙겼다. 백팩과 속옷 몇 개, 가을용 점퍼 하나. 그리고 오랫동안 지니고 다니던 아버지의 낡은 수첩. 그것들을 한데 모아 가방에 넣고 나니 정말 어디로든 가야 하는 처량한 신세가 실감 되었다.

"가자, 가! 못 갈 것도 없지."

머리와 따로 노는 몸을 억지로 일으키며 내리막으로 향했다. 수직에 가까운 경사는 오를 때도 힘들지만 내려갈 때도 그게 못지않게 힘이 들었다. 게다가 성치 않은 몸에 가방까지 짊어진 상태로는 말할 것도 없었다. 호달은 절뚝이는 다리를 연신 앞으로 뻗으면서도 뭔가를 남겨두고 온 듯한 기분으로 흘깃흘깃 뒤를 돌아보았다. 그러나 등 뒤엔 냉랭하게 가라앉은 어둠뿐이었다.

패배의 법칙

피시방 매니저가 남자의 멱살을 틀어쥐고 뒤로 밀어붙였다. 주차장 담벼락의 까슬까슬한 시멘트 돌기가 등을 후벼팠다. 아무리 힘껏 버둥거려도 단단한 팔은 풀리지 않았다. 숨이 막혔다. 짧은 순간 치솟았던 분노는 늘 그렇듯 너무나 쉽게 익숙한 무력감으로 변했다. 아마 바닥에 쓰러져있던 호달이 가까스로 몸을 일으켜 도망치는 모습을 보지 못했더라면 남자는 저항 한 번 하지 않고 무릎을 꿇었을 것이다. 저항하면 할수록 인생은 더 많은 매질과 실패, 좌절을 안겨주었다. 오래 견딘다는 건 짧게 끝낼 수 있는 고통을 길게 연장한다는 것과 다름이 아님을 그는 사는 동안 몸으로 체득했다. 그가 다다르게 될 종착지는 이미 정해져 있었으므로……. 자신이 패배자로 운명지어졌다는 걸 깨닫는 순간 생의 열차는 속력을 얻고 종착지는 더욱 분명해진다. 혼자 힘으로는 누구도 그 경로에서 감히 벗어날 수 없다. 그것이 바로 패배의 법칙이었다.

그러나 지금은 시간을 벌어야 한다. 호달이 골목을 빠져나갈 때까지만이라도……. 남자는 목을 조이는 매니저의 팔을 양손으로 붙들고 있는 힘껏 매달렸다.

"이익…… 양아치…… 새끼야, 너 내가…… 누, 누군 줄 알고……."

그의 말을 들은 매니저가 코웃음을 쳤다.

"왜, 아직도 우리 삼촌이라고 우기시게? 내가 삼촌 얼굴도 못 알아보는 병신같냐? 어?"

"아이익…… 그게 아니고……."

"그럼, 뭔데? 잠복 경찰이라도 되세요? 아니면 슈퍼 히어론가? 어디선가 누구에게 무슨 일이 생기면 나타나는 거야? 그러기엔 능력치가 너무 허접한데."

가소롭다는 듯 남자를 쳐다보며 킬킬대는 녀석에게 멋지게 주먹을 한 방 날리고 싶었지만, 그의 말대로 남자의 능력치는 형편없었다. 반박할 수 없는 사실에 가슴이 쓰렸다.

"그래 봤자 너나 나나 바닥인 건 똑같아."

"뭐?"

"어차피 안 될 놈은 안 된다고. 너 같은 양아치는 죽을 때까지 양아치로 살 거라고……."

"노친네라고 봐줬더니 안 되겠네. 오늘 사람 하나 치우고 강력범으로 업그레이드한다, 내가!"

약이 바짝 오른 매니저가 남자의 목을 졸랐다. 기도가 눌리자 숨이 들어오지도 나가지도 못한 채 찰흙 덩어리처럼 목에 걸렸다. 목을 누르고 있는 손을 떼어내고 싶었지만 팔이 원하는 방향으로 뻗어지지 않았다.

"컥컥!"

남자는 아무것도 잡히지 않는 허공을 부르쥐며 발버둥쳤다. 이내 혀가 안으로 말려드는 느낌과 함께 시야가 부옇게 흐려졌다. 그는 마지막으로 호달의 모습이 사라진 것을 확인하곤 까무룩 정신을 잃었다.

'그것은 칼 루이스 측의 음모였다. 단지 나는 함정에 빠졌을 뿐이다.'

벤 존슨은 이후 방송과의 인터뷰에서 그렇게 말했다. 서울올림픽 도핑테스트 당시 소변이 나오지 않아 애먹는 그에게 칼 루이스 측에서 맥주를 주었다는 것이다. 분명 그 안에 약물을 탔을 것이라며 벤 존슨은 결백을 주장했다. 남자는 그 말을 굳게 믿었다. 근거를 대라면 얼마든지 댈 수도 있었다.

애초에 육상선수로 키워졌던 칼 루이스와 달리 벤 존슨은 뒤늦은 시작에도 불과 몇 년 만에 세계적인 대회에서 메달을 휩쓸며 두각을 나타냈다. 이것은 타고난 재능을 가진 경우가 아니면 불가능했다. 게다가 그는 주 6일 하루 네다섯 시간씩 달리는 연습벌레였으며, 88서울올림픽에 참가하기 전 이미 다섯 차례나 칼 루이스에게 패배를 안겨준 전적이 있었다. 특히 1987년 로마세계선수권대회 100미터 경기에서는 세계신기록

까지 세우며 금메달을 거머쥐었다. 약물의 도움 없이
도 그는 이미 최고였다. 어느 날 혜성처럼 등장해 세계
를 열광에 빠트린 벤 존슨, 가난한 자메이카 출신 배달
부, 그러나 타고난 재능과 노력으로 자기 앞의 벽을 훌
쩍 뛰어넘어 버린 기적의 사나이. 그런 그가 스스로 함
정을 팔 리 없었다. 분명 음모다. 음모여야 했다. 한때
남자는 그렇게 믿었다.

"아저씨!"

"……."

"눈 좀 떠봐요, 아저씨!"

누군가 세차게 어깨를 흔들고 있었다. 꺼졌던 컴퓨
터가 재부팅되듯 남자의 신경이 하나씩 되살아났다.
먹통이었던 시야도 차츰 주변을 인식하기 시작했다.
다행히 죽은 건 아닌 모양이라고 생각하며 그는 자신
을 내려다보는 얼굴을 마주 봤다.

"다행이다."

고등학생쯤 돼 보이는 앳된 얼굴의 사내아이가 눈

을 꿈뻑이는 남자를 확인하곤 안도의 숨을 내쉬었다.

"누구……."

"그게 중요한 건 아니고요. 좀 일어나보세요."

아이가 양팔을 남자의 겨드랑이 사이에 끼워 일으켰다. 술에 취한 것처럼 머리가 핑 돌고 가슴이 조였다. 그는 근처 화단에 기대앉았다. 그대로 숨을 몇 번 크게 들이쉬었다 내쉬며 정신을 가다듬었다. 매니저에게 멱살을 잡히던 순간 달아나던 호달의 뒷모습이 떠올랐다. '괜찮을까, 그 녀석?' 그는 무방비 상태로 얻어맞기만 하던 호달이 걱정되었다. 지갑도 없고, 휴대폰도 없는 상태로 어떻게 되기라도 한다면……. 아, 휴대폰! 그제야 정신이 번쩍 들어 주머니를 뒤졌다. 아무것도 잡히지 않았다.

"혹시 이거 찾으세요?"

아이가 낯익은 휴대폰을 내밀었다.

"어, 어, 아이구, 고마워."

휴대폰은 액정이 거미줄처럼 산산조각으로 부서져 있었다. 바닥에 떨어뜨릴 때 충격이 컸던 모양이었다.

"에이, 큰일 났네. 젠장."

"왜요?"

남자는 아이의 물음에 대답도 없이 휴대폰 버튼을 이리저리 눌러보고 흔들었다. 전원마저 나간 건지 까맣게 변한 화면은 미동이 없었다. 밀린 알바비를 받아 내고 나쁜 매니저 자식도 혼내줄 유일한 방법이었는 데……. 낭패가 아닐 수 없었다. 역시 안 되는 놈은 어떻게 해도 안 되는 모양이었다. 자신은 그렇다 쳐도 아직 젊은 호달에겐 너무 가혹한 상황 아닌가. 이제 어쩌나. 호달을 생각하자 남자는 막막해졌다.

"학생, 혹시 나만 한 키에 얼굴이 갸름하고 쌍꺼풀 이…… 아니지, 엄청 두들겨 맞아서 퉁퉁 부었을 텐데."

"호달이 형 말씀하시는 거죠?"

두서없이 늘어놓는 설명에도 아이는 그의 말을 대 번에 알아들었다.

"그래, 맞아. 혹시 봤어?"

"몰라요. 안 그래도 맞는 거 보고 걱정돼서 다시 와 본 건데 없더라고요."

"그 매니저란 놈이 쫓아가서 어떻게 한 거 아니야?"

남자는 초조해졌다. 아까 시간을 좀 더 끌었어야 했는데, 목이 졸리는 바람에 생각보다 빨리 정신을 잃었던 것이다. 생각보다 나쁜 상황이 벌어졌을지도 모른다는 걱정에 남자는 똥 마려운 강아지처럼 자리에서 일어났다 앉았다 하며 어쩔 줄 몰라 했다.

"매니저는 피시방에 있으니까 걱정하지 마세요. 아마 오늘 밤은 계속 거기 있을 거예요. 정리할 게 있거든요."

"어어…… 다행이네, 다행이야."

"그런데 누구……, 혹시 아버지 되세요?"

남자가 묻는 말에 대답하기 바빴던 아이는 그제야 궁금한 걸 조심스럽게 물었다.

"응? 그, 그래, 그렇지. 내가 호달이 애비 되는 사람이야."

그 말에 아이가 꾸벅 고개를 숙였다. 그는 어색하게 아이의 어깨를 두드렸다.

"죄송해요."

얼룩덜룩 염색한 머리에 귀걸이까지 한 모습과 어울리지 않게 아이는 순한 눈을 껌벅거리며 사과했다.

"학생이 죄송할 게 뭐 있어."

"그래도요. 말렸어야 했는데……."

"아서! 싸움엔 함부로 끼어드는 거 아니야. 나중에라도 절대 그러지 말고 차라리 조용히 경찰에 신고를 해. 그게 제일 안전하고 빨라. 알았지?"

"네."

아이의 사과에 자기도 모르게 오지랖 섞인 말을 늘어놓곤 괜히 머쓱해진 남자가 엉덩이를 털고 일어섰다.

"저…… 근데 뭐 찍으신 거예요?"

아이가 휴대폰을 가리키며 물었다.

"실은 아까 방에서 봤거든요."

그 말에 남자의 귀가 번쩍 뜨였다.

"학생, 저 안에 있었어?"

아이가 고개를 끄덕였다.

"그럼 안에서 매니저 놈이 뭐 하는지 다 알겠네? 불

법 도박하는 거 맞지?"

"네, 근데 지금은 물건 거의 다 뺐어요. 한국에선 IP 추적 때문에 힘들다고 베트남으로 사무실 옮긴대요. 그래서 정리하는 중이었거든요."

그 순간 남자의 눈앞에 환한 불이 켜지는 것 같았다. 나쁜 놈에게 마땅히 내려져야 할 벌을 줄 기회가 아직 남은 것이다. 그는 아이의 손을 꽉 잡으며 물었다.

"혹시 매니저한테 갚아야 되는 빚 같은 거 있나?"

"네, 조금……. 그런데 그거 제가 쓴 돈도 아닌데……."

"암, 그렇지. 그렇고말고. 그런 놈들이 하는 수작이야 뻔한 거 아니겠어. 빚으로 사람 묶어놓고 시키는 대로 안 하면 가만 안 둔다고 협박질이나 하고."

아이의 표정이 어두워졌다.

"저는 베트남까진 가기 싫은데……."

"그럼, 이번 기회에 싹 털어버리는 거 어때? 나이도 어린데 언제까지 그런 놈 꽁무니나 따라다니면서 아까운 인생 낭비할 거야?"

남자는 짐짓 점잖은 어른 흉내를 내며 아이를 구슬

렸다. 아이도 그의 말에 수긍한다는 듯 고개를 주억거렸다.

매니저는 생각보다 규모가 큰 도박 사이트의 운영자였다. 총 천여 명이 넘는 회원 명부에는 초등학생부터 중·고등학생은 물론 성인까지 포함되어 있었고, 그들의 가입일과 나이, 사는 지역 등 정보를 정리해두고 끈질기게 광고 문자를 보내며 이탈하지 못하도록 관리 중이었다. 아이가 하는 일이 바로 회원 명부의 전화번호로 광고 문자를 보내는 일이었다.

"컴퓨터는 거의 다 뺐고, 명부는 아직 안에 있어요."

이거야말로 하늘이 준 기회였다.

"안에 몇 명이나 있어?"

"두 명이요."

"회원 명부 가지고 나올 수 있어?"

"어쩌면 가지고 나올 수 있을 것 같아요."

이럴 때일수록 중요한 순간에 삐끗하지 않도록 신중을 기해야 했다.

"혹시라도 누가 눈치챈 것 같으면 바로 그만두는 거

야.”

“네.”

“잘할 수 있지?”

비장한 표정으로 고개를 끄덕이는 아이를 건물 안으로 들여보내고 남자는 어둑한 주차장 구석으로 몸을 숨겼다.

있어야 할 곳

언덕을 내려온 호달은 김 아저씨에게 받은 만 원으로 파스를 사지도, 찜질방에 가지도 않았다. 대신 할머니의 국숫집이 있던 자리에 들어선 편의점을 찾았다. 이 동네를 떠나 어디론가 가게 된다면 최소한 마지막 인사 정도는 해야 하지 않겠나.

딸랑.

경쾌한 종소리가 울리자 휴대폰에 코를 박고 있던 알바생이 한 박자 늦게 어서 오세요, 하고 인사했다. 밝은 조명과 시원한 공기, 먹을거리가 줄지어 놓인 실내는 쾌적하기 그지없었다. 안으로 들어서기 무섭게 또다시 허기가 밀려들었다. 좀 전의 우울했던 마음이 무색할 지경이었다. 호달은 홀린 듯 진열대 앞으로 걸어가 제일 큰 컵라면 하나를 집었다. 이어 냉장 칸을 주의 깊게 훑어보며 가격 비교를 한 끝에 전주비빔과 참치마요가 한 세트로 묶인 원 플러스 원 삼각김밥도 골랐다. 할머니 밥상에 비할 바는 아니지만 이만하면 밥과 국물을 곁들인 한 끼로 괜찮을 것 같았다. 카운터에서 계산을 마친 뒤 컵라면의 비닐 포장을 벗기고 스프를 탈탈 털어 넣은 컵에 뜨거운 물을 받았다. 그러고 보니 온수기 놓인 자리가 마침 국숫집에서 육수를 끓이던 화구가 있던 위치였다. 면이 익기를 기다리며 새삼스러운 눈길로 편의점 내부를 둘러보았다. 삼십 년 넘게 국숫집이었던 곳이라고 짐작할 만한 흔적은 단 하나도 남아 있지 않았다. 가게 전체가 남김없이 불에 타버렸으니 당연한 일이었다. 그래도 그렇지, 이렇게나, 기다렸다는 듯 없어질 건 뭔가. 쫓아낸 사람도 없는데 쫓겨난 기분이었다. 억울했다. 누구 탓을 할 수도 없는, 그래서 더 해소되지 않는 억울함이었다. 충동적으로 소주 한 병을 추가했다.

"안에서는 술 드시면 안 돼요."

알바생이 소주병의 바코드를 찍으며 말했다.

"알아요. 여기는 원래부터 술 먹으면 안 되는 데거든요."

"네?"

별 뜬금없는 소리를 다 듣는다는 듯 알바생이 되물었다. 호달은 대답 없이 피식 웃으며 계산한 음식을 들고 밖으로 나갔다. 이전 모습은 사라지고 없지만 가게에서 술은 절대 안 된다던 할머니의 고집만은 여태 지켜지고 있는 셈이었다.

야외 테이블에 앉아 삼각김밥 두 개를 게 눈 감추듯 먹어치우고 뜨거운 라면 국물에 소주를 마셨다. 식도부터 명치 끝까지 저릿한 쓴맛이 훑고 내려갔다. 퍼석한 면발을 후루룩 빨아들이고 또 소주 한 모금. 컵 없이 병째 들고 마시니 취기가 더 금방 오르는 느낌이었다. 매니저에게 얻어터져 울긋불긋한 호달의 얼굴이

붉은색으로 고르게 달아올랐고 통증으로 삐걱대던 몸
도 적당히 얼얼하게 무마되었다. 그러자 긴장과 좌절
감으로 움츠러들었던 마음까지 덩달아 무뎌지며 근거
없는 객기가 치솟았다.

"우이씨, 매니저 새끼! 감히 내 돈을 떼먹어? 불법 도
박이나 하는 양아치 주제에……. 내가 참아서 그렇지,
일대일로 제대로 붙으면 못 이길 것도 없다고. 지도 그
걸 아니까 똘마니들 끌고 다니는 거 아니겠어. 치사하
게……."

듣는 사람도 없는 허공에 삿대질을 하며 중얼대는
꾀죄죄한 호달의 모습은 누가 봐도 술에 전 걸인 같았
다. 편의점으로 들어가는 손님 몇이 그를 보며 인상을
찌푸렸다. 얼마 안 가 알바생이 밖으로 나왔다.

"손님, 다 드셨으면 치워도 될까요?"

깍듯했지만 진상 손님을 대할 때의 짜증과 날카로
움이 그대로 묻어나는 말투였다. 피시방에서 일하는
동안 호달도 돈 없이 자리에 눌어붙는 손님에게 종종
그러곤 했다. 마지막 남은 소주를 두말없이 입안에 툭,

털어 넣고 일어섰다. 그새 미지근해진 술맛이 너무 써서 진저리가 쳐졌다. 어디에고 오래 머물 수 없다는 건 참 고달픈 일이었다. 술기운 때문인지 금세 되찾은 무력감 때문인지 그는 비틀대며 거리로 나섰다. 늦은 시간이라 취한 사람들이 택시를 잡으려 도롯가를 서성이고 있었다. 택시까지 타고 갈 곳이란…… 분명 집이겠지. 귀가하지 않은 사람을 기다리는 가족이 있고, 포근히 몸을 누일 베개와 이불이 있는, 다음 날이면 쓰린 속을 풀어줄 뜨끈한 콩나물국을 기대하며 잠들 수 있는 그런 곳. 호달은 그들을 쳐다보지 않으려 애쓰며 횡단보도를 건너 도림천으로 향했다. 그곳이야말로 이 시간에 홈리스가 있어야 할 가장 적절한 장소였다.

우레탄이 깔린 보행로를 주머니에 손을 찔러 넣고 터벅터벅 걷다 등받이 없는 벤치에 앉았다. 낮에 남자에게 쫓겨 정신없이 달려왔을 때와는 사뭇 다른 고요함이 느껴졌다. 어둠 속에서 얕은 물이 제법 개천다운 소리를 내며 흐르고 있었다. 물도 사람도 제 갈 길들을 잘도 찾아가는구나. 이 순간 멈춰 있는 건 오직 호달뿐인 듯했다. 가방을 베개처럼 베고 벌렁 드러누웠다. 별 하나 보이지 않는 뿌연 검은빛 하늘이 높은 건물과 복잡한 전선 줄 사이에서 지친 얼굴로 그를 내려다보고 있었다. 서서히 눈꺼풀이 무거워졌다.

주변이 어두웠다. 웅웅대는 바퀴의 진동이 허벅지를 타고 올라와 호달의 등과 어깨를 흔들었고 높낮이 없이 일정한 톤의 목소리가 도로 상황을 쉴 새 없이 전하고 있었다. 머리 위에서 쏟아지는 히터 바람 탓인지 몸이 무겁게 가라앉아 잘 움직여지지 않았다. 버스 맨 앞자리에 앉은 호달은 차창에 머리를 가볍게 기댄 채 몽롱한 눈으로 전면 창을 응시했다. 반대편 도로에서 차들의 헤드라이트가 빠르게 다가왔다 멀어졌다. 언제부터 달리고 있었는지도 모르게 그가 탄 버스는 어둠 속으로 끝없이 미끄러져 들어가는 중이었다.

— 이 시각 현재 서평택 분기점에서 서울 방향 치익…… 차량 추돌 사고 발생으로 칙…… 현재 수습 중이며…… 치직치익…….

대각선 방향에 앉은 운전기사가 손을 뻗어 라디오 주파수를 맞췄다. 전파 방해가 있는지 라디오의 잡음은 좀처럼 사라지지 않았다. 높은 등받이에 가려 얼굴이 보이지 않는 운전기사는 한 손만 핸들에 올린 채 다른 손으로 채널을 맞추다 머리를 긁적였다. 그러곤 다시 라디오로 손을 뻗고 이내 무언가 불편한 듯 손을 얼굴 쪽으로 가져갔다. 어쩐지 불안해진 호달이 룸미러를 힐끗 올려다 봤다. 운전기사가 주먹으로 세차게 눈을 비비고 있었다. 버스의 속도가 조금 느려졌다.

'어어, 위험한데.'

그러나 말이 입 밖으로 나오지 않았다. 맞은편에서 한 쌍의 불빛이 위협적인 속도로 달려들었다 사라지는 동안 차 안의 공기가 가볍게 출렁였다. 그제야 기사는 손을 내려 양손으로 핸들을 잡았다. 비빈 눈이 벌겋게 부어 있었다. 아마도 졸린 모양이라고 호달은 생각했다. 차라리 어디에 차를 세우고 잠깐 쉬어가면 좋으련만 연신 눈을 비벼가면서도 그는 운전을 계속했다. 시간이 지날수록 버스는 자주, 크게 흔들렸고, 룸미러

속 운전기사의 눈두덩이도 점점 부풀었다.

'그만, 제발 그만……!'

마치 KO를 앞둔 권투선수처럼 붉게 일그러지는 그의 눈을 보며 호달이 떼지지 않는 입술로 웅얼거리던 순간이었다. 바아앙! 날카롭고 육중한 클랙슨 소리와 함께 밝은 빛이 눈앞에서 폭발했다. 수천, 수만으로 갈라진 시야의 한 조각에 젊은 호달의 아버지가 그제까지도 발간 눈을 비비며, 그러느라 아들에게 손도 흔들어주지 못한 채로 더 작은 조각으로 점점이 갈라지고 있었다. 그제야 호달의 목구멍에서 비명이 터져 나왔다.

"안 돼, 아빠!"

공중에 붕 떴다 떨어지는 감각을 느끼며 벌떡 일어났다. 커다란 손아귀에 꽉 잡혔다 놓인 듯 단단히 뭉친 몸에서 열기가 뿜어져 나왔다. 미처 귓가를 빠져나가지 못한 클랙슨 소리가 이명처럼 맴도는 동안 익숙한 저릿함이 사타구니 주변을 유령처럼 스쳐 지났다. 호달은 어리둥절한 표정으로 자신이 있는 곳을 살폈다.

고요하고 어둡고 눅눅했다.

"아……!"

이내 바늘 끝처럼 날카롭게 곤두섰던 감각이 제자리를 찾았다. 아버지의 유품 속에서 수첩을 찾아낸 후로 그는 이따금 악몽을 꾸었다. 아버지가 사고로 죽던 날 버스 안에 함께 있는 꿈이었다. 꿈속에서 호달은 아직 어린아이였고, 아버지 역시 그가 기억하는 젊은 모습을 하고 있었다. 장면은 항상 똑같았다. 어떤 이유에선지 아버지는 앞을 제대로 보지 못할 만큼 눈이 부은 채 울고 있었다. 호달은 사고를 예감하면서도 입이 틀어막힌 것처럼 소리 내 경고할 수 없었다. 아무리 발버둥 쳐도 결과는 항상 똑같았다. 꿈은 기어코 버스가 굉음을 내며 전복되고 나서야 끝이 났다.

아빠.

호달에게 그 단어는 익숙하지 않았다. 아버지를 아빠라고 부를 만큼 가깝게 느낀 적이 없었기 때문이다. 호달에게 아버지란 할머니의 이야기 속에 등장하는 가상의 주인공 같은 존재였다. 함께 살았던 얼마 안 되는 시간 동안 남아 있는 기억이라곤 서둘러 국숫집 문을 밀고 나가는 뒷모습뿐이었다. 그럼에도 꿈에서는 항상 아빠였다. 아빠…… 아빠. 한 번이라도 그렇게 불러볼걸. 그날만이라도 보통의 아들처럼 보채고 징징대면서 같이 놀아달라고 끝까지 붙잡고 늘어져 볼걸. 그랬더라면 꿈에서처럼 아버지가 모는 버스를 함께 탈 수 있었을지도 모른다. 꿈에서와 달리 조심하라고 소리 지를 수 있었을 테고, 아버지는 아직 살아 있을 수도 있겠지. 할머니도 아들의 제사음식을 준비하다 잠드는 일이 없었을 것이다. 꿈은 호달에게 모든 게 너의 잘못이라고 그러니 잊지 말라는 경고처럼 규칙적으로 되풀이되었다.

'그래, 이렇게 돼도 싸지. 멍청하고 물러터져선 한다는 짓이 알바비나 떼 먹히고, 사기꾼한테 휘둘려 얻어터지고, 하다 하다 노숙까지…….' 개천을 비추던 상점가의 불빛들마저 모두 꺼진 깊은 밤, 벤치에 옹송그리고 앉은 호달은 무심코 주머니를 뒤지다 휴대폰이 없다는 사실을 다시 한번 떠올렸다. 매니저에게 들키기 전까지 남자가 가지고 있었으니 주차장 어느 구석에 떨어져 있지 않다면 남자에게 있을 것이다. 성질은 더럽지만 단순한 매니저는 호달의 휴대폰 따윈 안중에 없이 제 분풀이에 열중했을 게 뻔했다. 그렇다고 요령 좋은 남자가 내내 맞고 있지는 않았을 테니 중간에 휴대폰을 챙겨 내뺐을 확률이 구십구 프로였다.

'그 자식 어디로 갔을까? 네 휴대폰을 팔아먹고 오늘도 한 건 했다고 히히덕대며 술이나 마시고 있을까?'

호달은 눈을 감고 국숫집에서 게걸스럽게 국물을 들이켜던 그를 떠올리다 문득 머리가 쭈뼛 섰다.

'잠깐! 혹시…… 연락처에 있던 친구들한테 나인 척하고 문자 돌린 거 아니야? 돈 좀 꿔달라고?'

물론 그런다고 선뜻 돈을 보내줄 만한 녀석은 없었다. 하지만 뒷감당은 어쩔 것인가. 한동안 연락도 없던 놈이 염치도 없이 돈을 빌려달라네, 어쩌네, 말들이 나올 것이고, 그중엔 어두운 상상력을 발휘해 호달이 사고를 쳤거나 도박에 빠졌을 거라 소문내는 녀석이 반드시 있을 것이다. 그렇게 되면 그나마 얼마 남지 않은 인간관계마저 흉한 꼴로 단절될 가능성이 높았다.

"아이 씨, 진짜…… 개애~새끼!"

결국 잠깐 숨돌릴 틈도 없이 불길한 상상에 빠져버린 호달이 가방을 들쳐메고 벌떡 일어나며 소리쳤다. 그때였다.

"아이쿠, 아야야."

누군가 죽는 소리를 내며 그에게 부딪치더니 땅바닥에 주저앉았다. 뭐지 이 익숙한 상황은? 방금 욕을 한 것도 잊어버리고 호달은 와락 반가운 마음이 들었다.

"아저씨? 아저…….."

"응? 나를 알아? 우리 아는 사이던가?"

바닥에 앉은 남자가 호달을 올려다보며 되물었다. 지저분한 얼굴, 고약한 냄새와 더운 날씨에 어울리지 않는 셔츠며 외투를 겹겹이 걸친 모양으로 보아 근방을 떠돌아다니는 걸인인 듯했다.

“누구세요?”

“누구긴 누구야, 이 자리 주인이지.”

“네?”

“몰랐어? 아직 초짜구만. 이게, 자리마다 다아 주인이 있는 거라고. 이 자리 하나 차지하려면 얼마나 피 터지는 줄이나 알아? 그나마 내가 사람이 좋으니까 곤히 자는 거 안 깨우고 신사적으로 기다려준 거야.”

대단한 아량이라도 베푼다는 듯 시건방진 태도로 호달을 밀어내고 옆에 앉은 그가 손을 내밀었다.

“사용료.”

그 말을 듣자마자 골이 지끈지끈 아파왔다.

“천 원이면 돼.”

그래, 실랑이하느니 주고 말자, 싶어 호달은 주머니를 뒤졌다. 엇! 분명 편의점에서 몇천 원을 남겼는데 손에 아무것도 잡히지 않았다. 걸인은 당황해하는 호달과 눈이 마주치자 이내 딴청을 부렸다. 심히 수상쩍었다.

“주세요.”

“뭘?”

“나 자는 동안 주머니 뒤졌잖아요.”

“무슨 소리야! 내가 이래 봬도 그렇게 추잡스러운 짓은 안 한다고. 얼른 천 원이나 줘.”

“벌써 다 털어가 놓고 뭘 달래요!”

짜증에 북받친 호달이 소리를 지르자 그의 목소리가 조금 누그러졌다.

“그거 말고 더 없어? 따악 천 원만 더 줘. 나 배고프단 말이야.”

기가 막혔다. 돈을 훔쳐가고도 미안해하기는커녕 천 원만 더 달라니. 그러나 더 기가 막힌 건 자신에게 천 원을 줄지 말지를 선택할 권한조차 없다는 사실이었다. 걸인은 아이가 어른에게 용돈을 조르듯 두 손을 내밀고 헤 웃었다. 뭉텅 빠진 앞니 사이로 검은 입안이 보였다. 호달은 걸인이 입안 가득 물고 있는 어둠을 망연히 바라보았다. 불현듯 명암조차 없는 깊은 어둠이 그를 향해 끈적한 손을 뻗는 것 같았다. 등허리부터 목덜미까지 서늘한 바람이 휙, 스쳤다. 이대로 있으면 그대로 빨려 들어가고 말 것이다. 천천히 벤치에서 일어났다. 다리가 후들후들 떨렸다.

"어디 가. 돈 주고 가야지."

걸인이 호달의 옷자락을 움켜쥐었다. 호달은 거대한 혹처럼 매달린 걸인의 무게를 느끼며 앞으로 힘겹게 몇 걸음 나아가다 멈췄다. 그를 잡아당기는 손아귀의 힘이 더욱 억세졌다. 어쩌면 오래전의 아버지에게도 이런 것이 있었던 걸까. 그래서 밤마다 도림천을 따라 죽을 힘을 다해 달렸나.

"……그런데 달아나는 사람은 꼭 잡히게 되어 있거든. 무엇에게든 말이야."

정류장에 앉아 벤 존슨 이야기를 하다 풀죽은 소리로 중얼대던 남자의 말이 떠올랐다. 호달은 떨리는 손을 붙들린 옷 쪽으로 더듬더듬 뻗었다.

"이거, 놔!"

옷을 힘주어 잡아당기자 악착같이 매달리던 걸인이 매가리 없이 나동그라졌다. 동시에 한 가지 깨달음이 번개처럼 정수리를 내리쳤다. 언젠가부터 그가 두

려워하던 어둠, 그 속에는 사실 아무것도 없었다. 귀신도, 유령도, 정체를 알 수 없는 사악한 무엇도 아닌 그저 공허뿐이었다. 그러자 지금껏 딛고 있던 땅이 한꺼번에 와르르 무너져내리는 듯했다.

어린 시절 호달은 아버지가 할머니와 자기를 피해 도망치는 거라고 믿었다. 드센 어머니와 징징대는 어린 아들이 싫어서 어딘가로 자꾸만 가는 거라고. 그러나 그는 도망친 게 아니라 돌아오고 있었던 것이다. 자신이 사랑하던 여자에게로, 어머니와 아들에게로. 결국 실패하고 말았지만 포기한 것은 아니었다. 그 외롭고 고단한 과정이 낡은 수첩에 한 자, 한 자 고스란히 남아 있었다.

'그래, 더는 안 돼. 언제까지 이렇게 도망만 치면서 살 순 없어.'

호달은 달리기 시작했다.

'피시방으로 가자. 가서 밀린 내 알바비 몽땅 돌려받을 때까지 버텨보자. 이젠 직접 부딪치는 거야.'

턱 끝까지 차오르는 숨을 몰아쉬며 그는 결심했다. 낮에 도림천을 달리며 남자에게 배운 대로 가슴을 쫙 펴고 무릎을 높게 들어 앞으로 뻗었다. 저 멀리 상점가의 희끄무레한 빛 속에서 국수 다발을 든 할머니의 희망찬 외침이 들리는 듯했다.

"못할 게 뭐 있냐! 올림픽도 연 나라에서."

경로 이탈

단 사흘 만에 영웅에서 사기꾼으로 전락한 벤 존슨
이 한국을 다시 찾은 건 88올림픽이 끝나고 이십여 년
이 훌쩍 지난 후였다. 도핑 방지 캠페인을 위해서 자신
이 뛰었던 트랙에 다시 서기로 한 것이다. 텔레비전 뉴
스에 나온 벤 존슨을 보고 남자는 잠깐 숨이 멎는 듯한
기분을 느꼈다. 손님이 들지 않는 식당의 빈 테이블에
앉아 일찍부터 술을 마시던 중이었다. 새벽같이 나간
아내는 전화조차 받지 않았다. 아마 언제나처럼 깊은
밤이 되어야 돌아올 것이었다. 어딜 다녀왔는지 물어
도 대답하지 않는 아내. 아무리 다그치고 달래도 고집

스럽게 달아건 그녀의 마음속으로 비집고 들어갈 수 없다는 걸 그는 알고 있었다. 그럼에도 그녀를 포기할 수 없었다. 매일 눈을 뜨면 지독한 패배감이 가장 먼저 달려들었다. 맨정신으론 버티기 힘든 날이 지겹도록 이어지고 또 이어지는 중이었다. 그는 마시던 술을 병째 점퍼 주머니에 집어넣고 서울로 향했다. 그리고 그날 밤, 경비가 허술한 틈을 타 잠실 종합운동장으로 숨어들어 갔다. 가을밤은 춥고 길었다. 그는 오로지 벤 존슨을 직접 만나야겠다는 생각으로 품에 넣어 간 소주를 한 모금씩 나누어 마시며 견뎠다.

아침이 밝자 길이 100미터의 도핑 반대 탄원서가 트랙에 펼쳐졌다. 그 옆에서 벤 존슨이 몸을 풀었다. 나이가 들어서 그런지 배가 좀 나왔고 살집이 붙어서 둔해 보였다. 그러나 입술을 꼭 다물고 출발선에 섰을 때는 날카로운 눈빛이 살아났다. 출발 신호가 울리고 그가 달리기 시작했다. 관중석에 웅크리고 앉은 남자는 벤 존슨이 달리는 모습을 단 한 순간도 놓치지 않으려 눈을 부릅떴다. 그때였다. 트랙의 중간 지점에서 벤 존슨이 속도를 늦추기 시작하더니 한 손으로 가슴을 움켜쥐었다.

"안 돼!"

남자가 작게 비명을 질렀다. 비틀거리며 결승점을 향하던 벤 존슨은 얼마 못 가 결국 멈추고 말았다. 구부린 무릎을 두 손으로 짚고 숨을 헐떡거리는 그의 주변으로 기자들이 몰려들었다. 벤 존슨이 괜찮다는 듯 몸을 일으키며 팔을 흔들었다. 그런데 그의 표정은……이상했다. 분명히 웃는 얼굴이었지만 당장 울음을 터트릴 것처럼 눈가가 일그러져 있었다. 남자는 벤 존슨의 웃는 모습이 보고 싶었다. 실패한 영웅처럼 계속 추락하기만 했던 자신의 인생을 바꿔줄 희망찬 웃음. 그래서 그대로 두고 볼 수가 없었다. 관중석의 난간을 훌쩍 뛰어넘어 경기장으로 달려 나갔다. 갑작스러운 침입에 놀란 경비원들이 달려왔다.

"당신, 그러면 어떡해! 끝까지 그러면 나는 어떻게 살아야 하냐고. 달려, 어서!"

경비원의 팔에 붙들려 몸부림치는 남자를 벤 존슨

이 흐릿한 눈빛으로 바라봤다. 그 순간 감당할 수 없는 억울함과 두려움이 밀려왔고 남자는 눈을 감았다. 그때 알게 되었다. 자신이 애초에 패배자로 운명지어진 사람이었다는 것을…….

멀찍이 건물 입구의 센서등이 켜지고 긴장한 모습으로 나온 아이가 주변을 두리번거렸다. 가슴에 두툼한 서류 뭉치를 안고 있는 게 보였다. 남자는 발소리를 죽이며 아이에게로 달려갔다. 그제야 아이도 안심한 듯 웃으며 손을 흔들었다. 자신을 향해 활짝 웃는 사람을 본 게 처음인 것처럼 남자의 가슴이 쿡, 하고 아렸다. 남자는 오늘만은 그의 인생을 패배로 몰고 가던 운명의 속도가 잠시 늦춰지기를, 그 틈에 두 아이를 정해진 경로에서 이탈시켜 다시 돌아오지 않아도 될 만큼 멀리 보낼 수 있기를 간절히 바랐다.

"아무한테도 안 들켰지?"

"다들 짐 챙기기 바빠서 저는 신경도 안 쓰던걸요."

"잘했어. 이제 이건 나한테 주고 얼른 피시방으로 가

봐.”

남자가 아이에게서 서류 뭉치를 건네받으며 말했다.

“어쩌시게요?”

“경찰서에 넘겨야지.”

아이는 겁먹은 표정으로 남자를 쳐다봤다.

“걱정 마. 내가 아는 경찰이 있어. 신고하면 바로 출동할 거야. 혹시 모르니까 피시방 안으로 들어가진 말고, 경찰 도착하면 같이 올라가.”

“네.”

“참! 호달이 녀석 만나거든 그 녀석도 못 들어가게 좀 붙잡고 있고. 알았지?”

남자의 말에 고개를 끄덕거리면서도 아이는 쉽사리 발을 떼지 못했다.

“얼른 가! 몸조심하고.”

그는 아이 등을 가볍게 떠밀어 보내고 낮에 호달을 끌고 갔던 치안센터 쪽으로 뛰다시피 걸었다.

평일임에도 저녁 시간대의 신림동 한복판 치안센터

안은 소란했다. 남자가 출입문을 열고 들어섰을 때는 상의를 벗어젖힌 취객과 젊은 경찰관의 실랑이가 한창이었다.

"저…… 실례합니다."

누가 들어온 것을 아무도 알아채지 못한 탓에 남자는 그 자리에 서서 쭈뼛대다 접수처로 다가갔다. 컴퓨터에 무언가 바쁘게 입력하고 있던 경찰관이 고개를 들었다.

"무슨 일이십니까?"

"신고할 게 있어서요."

"여기 적어주십시오."

경찰관은 남자의 말이 끝나기 무섭게 종이 한 장을 내밀고 다시 컴퓨터로 시선을 돌렸다. 신고서라고 적힌 종이에는 민원인의 인적 사항과 사건 내용, 발생 일시와 장소 등을 적는 칸이 빼곡했다. 그걸 다 적을 생각을 하니 한숨이 나왔다.

"이럴 시간이 없는데……. 여기 제가 아는 경찰관님이 계시거든요."

접수를 받던 경찰관이 픽, 웃었다.

"그분 성함이 뭔데요?"

"그게……, 이름은 잘 모르겠고. 아까 낮에…… 하여튼 어깨가 떡 벌어지고, 인상이 험악하고 또, 힘이 엄청 세시고, 사복을 입었던데……."

어이가 없는지 경찰관이 그를 쏘아보며 신고서를 도로 가져가려고 손을 뻗었다.

"아이, 진짜라니까요. 지금 이게 보통 일이 아니라 한시가 급해요."

남자가 울 듯한 얼굴로 사정을 했다.

"그러니까, 신고서를 먼저 쓰시라고요!"

높아진 음성에 옆에서 난동을 부리던 취객이 괴성을 지르며 접수처 쪽으로 달려들다 제지당했다. 북새통이 따로 없었다. 때마침 찾던 경찰이 나타나지 않았더라면 남자는 그대로 쫓겨나고 말았을 것이다. 저녁 식사를 하고 온 건지 이쑤시개를 입에 문 그가 치안센터 안으로 성큼 들어섰다. 그제야 남자가 펄쩍 뛰듯 반색하며 품에 안고 있던 서류 뭉치를 그에게 떠안겼다.

"뭡니까."

"일단 읽어보세요"

얼떨결에 넘겨받은 서류를 살피던 경찰의 눈이 순식간에 커졌다.

"저, 기억 나시죠? 아까 낮에, 아들놈이랑……."

"아!"

"우리 아들이 이거 만든 놈한테 된통 당했어요. 일단 갑시다. 제가 이놈 어딨는지 알아요."

소란하던 치안센터 안의 분위기가 돌변했다. 경찰이 전화를 걸며 남자와 함께 밖으로 나서자 어디서 나타났는지 사복 차림의 남자 몇이 더 뛰어나와 차에 시동을 걸었다.

정면 승부

"혀, 형!"

호달이 도림천을 빠져나와 피시방 건물 입구에 다다랐을 때, 누군가 급히 그를 막아섰다. 온라인 도박에 빠져 돈을 빌려달라던 녀석이었다. 녀석은 망보듯 주변을 경계하며 두리번대고 있었다. 불쑥 화가 치밀었다.

"넌 아직도 이러고 있냐? 정신 차려, 임마."

"그게 아니고요, 형……."

"왜?"

"아직 올라가지 마세요."

매니저가 피시방을 지키고 있는 게 분명했다. 오면서 이미 각오했지만 겁에 질린 녀석의 표정을 보니 주춤할 수밖에 없었다.

"맞았냐?"

"그게……."

"집에 가. 부모님 걱정하셔."

"……."

대답 없이 머리를 긁적이는 녀석을 뒤로하고 호달이 계단으로 향했다.

"아, 형! 가지 말라니까요."

"이제 더 갈 데도 없다."

"형! 형!"

뭐가 불안한지 호달을 부르면서도 녀석은 뒤따라올 엄두를 내지 못했다. 계단을 하나씩 힘주어 오르며 입술을 꽉 깨물었다. 왼쪽 옆구리가 쿡쿡 쑤셔왔다.

예상대로 피시방은 분위기가 심상치 않았다. 호달이 유리문을 밀고 들어서자 카운터를 지키고 있던 알바생들의 눈빛에 긴장감이 돌았다. 그들이 힐끗거리는 쪽에서 매니저의 다그치는 듯한 욕설과 누군가의 웅얼대는 소리가 들렸다. 커플용으로 칸막이가 쳐진 곳이었다.

'나처럼 만만한 놈이 하나 걸렸나 보네.'

그렇게 생각하며 홀을 둘러보았다. 늦은 밤이라 손님은 많지 않았다. 헤드셋을 끼고 제각기 게임에 열중하고 있는 몇 명, 술을 마셨는지 벌건 얼굴로 영화를 틀어놓고 코 고는 남자 하나뿐이었다. 호달도 자리를 잡고 앉았다. 출입구에서 가장 먼 좌석이었다. 무슨 일이 있더라도 밖으로 나가지 않겠다는 의지의 표현이었다. 가방을 옆에 내려놓고 푹신한 게임용 의자에 몸을 기대니 안락한 기분마저 들었다. 하루 동안 너무 많은 일을 겪었다. 이대로 몇 시간만 푹 잤으면……. 그는 스르르 눈을 감았다. 그러나 얼마 지나지 않아 요란한 기척이 그를 향해 다가왔다.

"하! 나, 이 새끼 봐라."

험한 표정을 짓고 있었지만 매니저는 적잖이 놀란

눈치였다. 그렇게 맞아놓고 다시 올 줄은 몰랐던 모양이었다. 긴장감과 함께 묘한 승리감이 꿈틀댔다. 가슴이 뛰는 걸 숨기며 호달이 태연하게 몸을 돌렸다.

"돈 받으러 왔어요."

"뭐? 이 자식이 간댕이가 배 밖으로 쳐 나왔나."

대번에 거친 말이 튀어나왔다.

'쫄지 말고 계속해!'

호달은 속으로 외쳤다.

"하루 8시간씩 주 5일, 주휴시간 붙여서 일주일에 48시간, 작년 최저 시급으로 계산해도 주급 473,280원, 한 달이면 1,893,120원. 거기다 그동안 이런저런 핑계로 체불한 금액이 총 1,503,840원……."

고시원 방구석에 누워 천장을 바라보며 수십, 수백 번 계산해봤던 액수였다. 단 일 원도 틀릴 리 없는 계산이었다. 매니저는 눈을 부릅뜨고 호달을 노려보다 발로 힘껏 복부를 가격했다. 무거운 게임용 의자가 호달의 몸과 함께 뒤로 밀리며 쓰러졌다. 안 그래도 욱신거리던 갈비뼈 부근이 참을 수 없도록 아팠지만 호달은 멈추지 않았다. 오히려 바닥에 내려놓았던 가방을 뒤져 아버지의 낡은 수첩을 꺼냈다.

미처 다 채우지 못한 수첩 뒷부분에 그동안 받지 못한 돈의 액수와 내역을 꼼꼼히 적어두었다. 거기에 대해선 지금껏 입조차 떼볼 용기도 없었지만, 오늘만은 달랐다. 호달은 수첩을 든 채 바닥에 가부좌를 틀고 앉아 마치 도인이 주문을 외우듯 또박또박 읽어 내려갔다.

"2024년 10월, 시제 불일치 및 마우스 고장 핑계로 159,000원 미지급, 2024년 11월 멤버십카드 5장 무단 사용 후 책임 전가 250,000원, 그리고 12월엔 출근 기록 고의로 누락해서 283,968원……."

"이 또라이 새끼, 뭐 하는 거야."

어처구니없는 상황에 주변의 공기가 술렁였다. 호달은 꿈쩍하지 않고 적어놓은 내용을 줄줄 읊었다.

"2025년 1월 아무 이유 없이 100,000원 미지급……."

"그래, 어디 한 번 해봐. 오늘 뒤지게 맞고 깽값 받아가면 되겠네!"

흥분한 매니저가 수첩을 낚아채 던졌다. 바닥에 놓인 플라스틱 쓰레기통이 수첩에 정통으로 맞으며 안의 것을 죄다 토해냈다. 좌석에 늘어져 코를 골던 손님이 그 소리에 번쩍 눈을 뜨고 일어났다. 매니저가 살기등등한 얼굴로 호달의 몸에 올라탔다. 그제야 놀란 알바생들이 다가와 말리는 시늉을 했다. 두 팔로 어설프게 가드를 세우며 호달이 더듬더듬 말을 이었다.

"밀린 돈…… 안 주면…… 내일…… 노동청에 신고 들어간다. 깽값도…… 포함이야……."

"아악! 이 좆밥새끼가 사람 돌게 만드네, 진짜!"

매니저가 주먹을 치켜들었다. 호달은 곧 얼굴에 가해질 충격을 상상하며 눈을 질끈 감았다. 그때였다. 여러 명의 빠르고 급한 발소리와 함께 호달을 짓누르던 매니저의 몸이 번쩍 들리는 느낌이 들었다.

"조금만 씨, 당신을 불법 도박 및 폭행치상 혐의로 체포합니다."

경찰복을 입은 두 명의 남자가 매니저의 팔을 뒤로 꺾어 수갑을 채웠다.

"뭐야! 놔, 놓으라고. 증거 있어?"

매니저가 필사적으로 저항하며 소리를 질렀다.

"증거가 있으니까 잡으러 왔겠지, 이 자식아! 안 그래도 너 찾아다니느라고 신림동을 다 뒤지는 중이었어. 순대 냄새 아주 지겹다, 이제."

사복을 입고 뒤따라온 사내가 두꺼운 서류철로 매니저의 머리를 툭툭 내리치며 무릎을 꿇렸다. 바닥에 대자로 뻗어 그 광경을 지켜보던 호달은 문득 사내의 얼굴이 낯익다는 사실을 알아챘다.

"어……."

"뭐야, 너였냐?"

남자의 추격을 피해 도망치던 호달을 꼼짝 못 하게 붙잡았던 바로 그 경찰이었다. 그도 호달을 금방 알아보았다.

"죄목에 임금체불도 추가해주세요……."

바들바들 떨리는 손으로 수첩을 찾아 건네며 호달이 말했다. 경찰은 너털웃음을 짓더니 매니저의 머리를 힘껏 몇 대 더 때렸다.

“아주 골고루 해 처먹었구만. 뜻밖에 성실한 새끼네, 이거.”

연신 얻어맞으면서도 찍소리 못하는 매니저를 보자 그동안 쌓였던 억울함과 체증이 시원하게 내려가는 느낌이었다.

“야! 이 호달 너, 두고 보자!”

끌려가면서도 매니저는 호달을 향한 협박을 잊지 않았다.

“이름이 조금만이래, 조금……. 사내새끼가 쫌스럽게…… 알고 보니 좆밥새끼였어, 흐흐.”

호달은 누운 채 피식피식 웃으며 중얼거렸다. 그러다 그만 긴장이 풀려 잠들듯 기절하고 말았다.

얼마나 누워 있었을까. 꿈도 꾸지 않고 깊이 잠들었던 호달이 눈을 뜬 곳은 병원이었다. 소독약 냄새 나는 공기를 들이마시며 뒤척이자 누군가 뻣뻣한 이불 밖으로 내놓은 그의 손을 잡았다.

“괜찮아요?”

소리 나는 쪽으로 고개를 돌렸지만 천장의 흰 빛 때문에 금방 알아볼 수 없었다.

"누구……."

"저예요, 형,"

피시방으로 올라가기 전 마주쳤던 녀석이었다. 녀석이 호달의 손에 무언가를 쥐여주었다. 호달의 휴대폰이었다.

"이게 왜……?"

"형네 아버지가 전해달라고 주셨어요."

아버지? 아버지는 납골당 단지 안에 할머니랑 같이 담겨 있는데. 순간 머리가 띵했다. 뭐가 어떻게 된 건지 뒤죽박죽된 생각을 정리하느라 미간을 모으는 호달에게 녀석이 말했다.

"이따 경찰들이 올 거예요. 형네 아버지가 휴대폰은 형한테 허락받고 보라고 해서……."

"아버지 아니야."

"네?"

"우리 아부지 나 여덟 살 때 죽었다고."

"그럼 누구세요, 그분? 아버지라 그랬는데, 분명."

놀란 표정으로 녀석이 눈을 둥그렇게 뜨고 호달에게 물었다.

"사기꾼. 근데 넌 왜 자꾸 내 앞에서 얼쩡거리냐? 저번에도 그렇고 지금도……. 너도 매니저 자식한테 돈 받을 거 있냐?"

"아니요."

"그럼?"

"고마워서요, 형한테. 저한테 정신 차리라고 말해준 사람은 형뿐이었거든요. 저도 부모님이 안 계세요. 보육원에 있기 싫어서 뛰쳐나오긴 했는데 사실 좀 무서웠어요. 이렇게 살아도 되나 싶기도 했고……."

호달의 입에서 무겁고 긴 한숨이 새어 나왔다. 세상엔 왜 이렇게 안쓰러운 인간이 많은 걸까. 유독 제 눈에만 많이 띄는 건지 아니면 원래 세상이라는 게 그렇게 생겨 먹은 건지. 알 수도 없고 생각하기도 귀찮아 다시 눈을 감았다. 옆에 앉아 있던 녀석도 피곤했는지 가만히 침대 위에 머리를 얹었다. 동그랗고 단단하고

따뜻한 이마가 호달의 팔에 닿았다. 어쨌든 지금은 쉴

수 있으니 그거면 된 것이다.

말하지 못한 이야기

남자는 아내를 남해의 한적한 바닷가에서 만났다. 주변 관광지의 유명세에 묻혀 잘 알려지지 않은 해변 가는 오가는 사람이 많지 않았고 따라서 상점도 거의 없었다. 그는 그곳에 프렌차이즈 치킨집을 오픈하기 위해 막바지 준비에 열을 올리는 중이었다. 계약할 당시 부동산 업자는 아직 발표가 나지 않았지만 정부에서 그 일대를 관광특구로 지정하기로 했으며, 이미 발빠른 투자자들의 비밀스러운 매매 문의가 이어지고 있다고 귀띔했다. 매매가가 낮을 때 좋은 자리를 선점하고 일 년 정도만 잘 버티면 개발의 순풍을 타고 매출이 쑥쑥 오를 것이다. 일찌감치 중국집 배달부로 시작해 택배기사와 일용직 잡부, 대리운전, 화물 운송 등 할 수 있는 일은 닥치는 대로 하며 악착같이 돈을 모은 그였다. 덕분에 서른이 갓 넘은 나이에 치킨집 사장님이 되는 것이다. 남들은 이제 막 회사에 들어가 자리 잡기 시작할 나이였다. 비록 초등학교를 끝으로 교육받을 기회가 없어 중·고등 과정을 검정고시로 취득해야 했지만 오히려 그게 시간을 절약하는 기회가 된 셈이었다. 바다와 모래사장이 훤히 내다보이는 가게를 계약하고 집기와 테이블을 놓고 간판을 올리는 동안 남자는 우쭐해지는 마음을 감출 수 없었다. 틈만 나면 그의 머리통을 갈기던 중국집 사장에게 이렇게 번듯한 가게를 보여줄 수 있다면 얼마나 좋을까. 생각만으로도 가슴이 뻥 뚫리는 기분이었다.

초등학생 때까지만 해도 그는 자신이 학교도 못 나가고 배달 일을 하게 될 줄은 상상하지 못했다. 넉넉하지 않아도 어린 그가 궁핍을 느낄 정도로 살림이 어렵진 않았기 때문이었다. 심지어 한동안은 동네 친구들에 비해 풍족한 적도 있었다. 중동의 건설 노동자로 파견 간 아버지 덕분이었다. 떠날 때 그의 아버지는 벌이가 좋은 그곳에서 몇 년만 고생하고 돌아오면 번듯한 집 한 채는 살 수 있을 거라며 훌쩍이는 그와 엄마를 달랬다. 과연 아버지 말대로 집에 차곡차곡 돈이 모이는 걸 느낄 수 있었다. 어머니는 공장에 나가지 않고 소소한 부업만으로도 부족함 없이 살림을 꾸렸다. 그 역시 먹을 것과 입을 것 걱정 없이 초등학교 시절을 보냈다. 형편이 갑작스럽게 기운 건 파견 나갔던 아버지가 불구로 돌아온 직후부터였다. 귀국을 일 년이나 앞두고 미리 복귀한 아버지는 목발을 짚고 있었다. 뭣도 모르고 아버지의 허리께에 덥석 매달리다가 그는 소스라치게 놀랐다. 아버지의 바짓가랑이 한쪽이 빨랫줄에 널린 빨래처럼 텅 빈 채 흔들거리고 있었던 것이다. 중심을 잃은 아버지가 휘청였고 어린 그는 울음을 터트렸다.

그날 이후로 가세는 급격히 기울었다. 한쪽 다리로

할 수 있는 일을 찾아 이곳저곳을 헤매고 다니던 아버지는 길 곳곳에 살얼음이 낀 추운 겨울날 육교를 오르다 미끄러져 목숨을 잃었다. 아버지가 죽고 나자 어머니마저 삶의 의욕을 잃었다. 어느 날부턴가 그녀는 안방에 틀어박혀 말문을 닫아버렸다. 그가 초등학교 6학년이 되던 해였다. 육상 특기생으로 중학교 진학을 목표했던 그는 자신의 꿈을 포기할 수밖에 없었다. 낮에는 돈을 벌고 저녁에는 집에 돌아와 꼭 다문 엄마의 입을 열게 할 만한 모든 시도를 했다. 그녀가 좋아하는 찐빵을 사다 앞에 놓아두기도 하고, 재미난 이야기를 꾸며내거나 텔레비전에서 본 코미디언 흉내를 내고, 때로는 엉엉 울기도 했다. 그러나 그녀는 죽기로 결심한 듯 멍한 눈으로 허공을 바라보기만 했다.

그는 어머니의 침묵이 무서웠고 차츰 일하던 중국집에서 자는 날이 늘어갔다. 툭하면 사장에게 두들겨 맞았지만 오히려 그런 순간에 살아 있다는 느낌이 들기도 했다. 어머니는 바라던 대로 곧 삶을 저버렸다. 그렇게 그는 혼자가 되었고 여지껏 누구의 도움도 없이 이를 악물고 살았다. 그러는 동안 그를 지탱해준 것은 오직 한 사람, 실패했으나 그에게만은 영웅으로 남아 있는 벤 존슨이었다. 88서울올림픽 당시 결승선을 통과하던 그의 당당한 모습은 잊을 수가 없었다. 그 순간의 기억은 중국집 티브이가 아닌 경기장에서 벤 존슨을 직접 본 것처럼 선명했다. 아버지의 사고가 아니었다면 정말로 그는 벤 존슨의 경기를 눈앞에서 볼 수 있었을지도 모른다.

그랬다면 좋았겠지만……, 지금도 나쁘지는 않다.

그는 아침 일찍부터 나와 가게를 쓸고 닦고, 본사에서 교육받은 레시피대로 치킨을 튀겨 먹음직스럽게 그릇에 담는 연습을 했다. 당분간은 손님도 많지 않을 테고 적자 없이 가게를 유지해야 하므로 직원 없이 혼자 운영할 참이었다. 저녁 무렵 후라이드와 매운 양념, 바비큐 소스 맛 치킨을 접시에 골고루 담고 생맥주 통에서 갓 뽑아낸 맥주를 한잔 놓고 빈 테이블에 앉았다. 머지않아 가게 안 테이블이 손님들로 꽉 차는 날이 올

것이다. 그러면 해변 쪽으로도 테이블을 몇 개 더 놓아야겠다고 생각하며 묵직한 유리잔에 담긴 생맥주를 꿀꺽꿀꺽 들이켰다. 그녀가 눈에 들어온 건 바로 그때였다. 아니, 그보다 더 전, 점심시간이 막 지난 때부터 그녀는 바닷가에 웅크리고 앉아 꼼짝하지 않고 있었다. 일하는 동안 가게 창 너머로 얼핏 그녀의 뒷모습을 본 기억이 났다. 분위기로 보아 여행객인 듯했으나 일행은 눈에 띄지 않았다. 바삭한 치킨 한 조각을 안주로 씹으며 그녀를 무심히 바라보던 그는 벌떡 일어나 치킨 몇 조각을 일회용 그릇에 담았다. 플라스틱 잔에 맥주도 조금 따랐다. 관광객이라면 이번 기회에 미리 가게 홍보를 해두는 것도 좋을 것 같아서였다. 혹시 아나? 그의 손맛에 반한 그녀가 다음번에 손님을 우르르 끌고 올지. 경치도 좋고 마침 배도 고플 시간이었다. 그는 접시에 가게 이름이 찍힌 냅킨까지 몇 장 끼워 그녀에게 다가갔다.

"안녕하십니까? ○○치킨입니다. 곧 오픈 예정이라 맛 좀 보시라고 가지고 왔습니다. 바로 뒤에 보이시죠?”

여자는 호기롭게 인사하며 접시를 내미는 그를 물끄러미 바라보기만 했다.

“여기 맥주도 한 잔…….”

머쓱해진 그가 맥주가 담긴 컵을 내밀자 그제야 여자가 고개를 까닥하며 그것을 받았다. 그러곤 단숨에 잔을 비웠다. 옆에 내려놓은 치킨은 쳐다보지도 않았다.

‘뭐지, 저 여자?’

가게로 돌아온 그는 찜찜해졌다. 치킨 접시를 내려놓을 때 그녀가 옆에 둔 비닐봉지 안의 번개탄과 테이프를 보았기 때문이었다. 신경 쓰지 않으려고 해도 그것들로 뭘 하려는지가 자꾸 연상되어 열심히 튀긴 치킨 맛이 제대로 느껴지지 않았다.

‘설마…… 아니겠지? 아니긴. 그럼 저걸로 뭘 하겠어. 바닷가에서 불이라도 쬐려고 샀겠어? 그렇다고 내가 뭘 어째. 초면에 실례하지만 이러시면 안 됩니다, 하고 말리기라도 해? 자기 목숨 자기가 알아서 하는 거지 뭐. 그래도 그렇지, 하필 처음으로 우리 가게 치킨을 먹은 사람이 자살 예정자라니, 부정 타게……'

온갖 생각이 그의 머리를 오가는 동안에도 그녀는 꼼짝하지 않고 그 자리에 앉아 있었다. 뉘엿뉘엿 지던 해가 서서히 바다 너머로 가라앉고 있었다. 괜히 심란해진 그는 반도 못 먹은 치킨을 싸서 냉장고에 넣고 설거지를 시작했다. 이런 날은 빨리 정리하고 가게 문 앞에 소금이나 뿌리고 들어가는 게 낫겠다 싶었다.

싱크대 선반에서 막 소금 통을 꺼내던 순간, 딸랑, 하며 가게 문이 열렸다.

"여기…… 술 마실 수 있나요? 슈퍼가 문을 닫아서요."

그녀가 들릴 듯 말 듯한 목소리로 물었다. 손에는 번개탄이 든 비닐봉지를 쥔 채였다.

"아직 오픈 전이긴 하지만…… 됩니다. 첫 손님을 그냥 보낼 순 없죠."

잠시 망설이던 그는 곧 맥주잔을 꺼냈다.

“소주로요.”

“네, 앉으세요.”

그날 밤 두 사람은 취하도록 마셨고 그녀는 죽는 것 대신 그와의 결혼을 택했다.

그의 인생의 황금기를 꼽자면 가게 오픈과 동시에 신혼생활을 시작했던 바로 그때일 것이다. 손님이 많지 않아도 곧 좋아지리라는 희망이 있었고, 그것을 사랑하는 사람과 나눌 수 있어서 행복했다. 그러나 행복은 오래가지 않았다. 발표 예정이라던 개발 계획은 계속 미뤄졌고, 가게 운영이 어려워지며 빚이 점점 불어났다. 스트레스 때문인지 그의 아내는 아기를 유산했다. 곧 밝은 빛이 들 것 같던 그의 인생에 다시 어두운 그림자가 드리워지기 시작했다. 원래도 말수가 적었던 아내는 아기를 잃고 나선 더욱 말이 없어졌다. 아기는 다시 가지면 된다고 위로해도 소용이 없었다.

그는 침묵이 무서웠다. 오래전 어머니가 그랬던 것처럼 어쩐지 그녀도 쉽게 생을 놓아버릴 것 같은 불길한 예감이 들었다. 그가 술을 마시기 시작한 건 그즈음 부터였다. 와락 두려움이 치미는 날에는 술을 마시고 강제로 그녀를 안았다. 그러다 진저리 치는 그녀를 때리기도 했다. 모든 게 자꾸만 꼬여가는 걸 알고 있었지만 어떻게 풀어야 하는지 알 수 없었다. 그가 할 수 있는 일이라고는 처음 만나던 날처럼 바닷가를 서성이는 아내를 바다로부터 떼어내는 것뿐이었다. 치킨집을 헐값에 팔고 바다가 보이지 않는 동네로 옮겨 작은 식당을 열었다. 간판도, 메뉴판도 제대로 없는 백반집이었다. 그날그날 되는대로 장사를 하고 때로는 아예 문을 열지 않는 날도 있었다.

아내에게 아이가 있었다는 사실을 안 건 그런 날 중 하루였다. 어느 늦은 밤, 낯선 사내가 아내를 찾아왔다. 찾아왔다기보다 운명처럼 마주쳤다고 해야 할까. 테이블을 사이에 두고 마주 앉은 두 사람의 모습을 지켜보는 것은 괴로운 일이었다. 죽기 위해 아이를 버리고 바다를 찾은 아내와 만나지 않았더라면 좋았겠다는 생각을 한 건 그날이 처음이자 마지막이었다. 그는 영혼까지 텅 비어버린 듯한 얼굴로 버스에 오른 사내를 쫓았다. 어쩌자는 생각은 없었다. 그저 알 수 없는 분노에 휩싸여 차를 몰고 뒤를 따랐을 뿐이다. 어쩌면 미처 가시지 않은 옅은 술기운 때문이었는지도 모른다. 고속도로에 들어서자 버스가 불안하게 휘청였다. 몇 번이나 차선 위를 미끄러지고 속도를 제어하지 못했다. 그러더니 결국 마주 오던 트럭과 충돌하고 말았다.

그 자리에서 바로 신고를 했다면 사내는 살 수 있었을까?

하지만 그는 멀찍이 돌아 현장을 지나쳤다. 그리고 그날의 일에 대해 아내에게 말하지 않았다. 아내도 사내에 대해 어떤 말도 더하지 않았다. 그저 죄인 같은 얼굴로 일 년에 한두 번 긴 외출을 하고 돌아오곤 했다. 그녀에게 어디에서 무엇을 하고 왔는지 묻는 대신 그는 술에 취한 채 가게의 집기들을 손에 잡히는 대로 던지고 부쉈다. 아내는 그의 욕설과 폭력을 피하지 않고 고스란히 받아들였다. 차라리 악을 쓰고 대들었다면 속이 후련했겠지만 결코 그러지 않았다. 언제나 폭발하는 쪽은 그였기에 후회도 그의 몫이었다.

거듭된 외출의 마지막 종착지는 아내가 그와 처음 만났던 바닷가였다. 평소와 달리 하루가 지나고 이틀이 지나도 돌아오지 않는 아내가 걱정되어 술조차 넘어가지 않을 때 경찰서에서 연락이 왔다. 제발 아니길, 착오였길, 마음속으로 빌고 또 빌다 아내의 시신 앞에서 그는 무너지고 말았다. 창백하게 식은 그녀의 얼굴은 끝내 편안해 보이지 않았다. 아버지로부터 어머니, 아내까지 그가 지켜본 죽음은 모두 그러했다. 슬프고 미안하고 아쉬움을 거두지 못한 죽음. 그것이 그를 더욱 깊은 바닥으로 끌어내렸다. 그는 어디가 끝인지조차 알 수 없는 심연을 향해 끊임없이 추락했다.

한때 그는 아내에게 영웅이 되고 싶었다. 죽음의 문턱을 서성이는 그녀를 멋지게 구해내 안전한 곳에 내려놓았다고 믿은 적도 있었다. 사는 동안 사랑하는 사람의 죽음을 한 번도 막지 못했으니 그녀만은 지켜야 한다고 생각했다. 누구에게나 찾아온다는 인생의 세 번의 기회 중 그에게 찾아온 마지막 기회가 바로 그녀였다. 이번만은 보란 듯 성공해서 행복해지리라 다짐했었다. 그러나 그의 인생은 애초에 실패로 결정지어진 듯했다. 운명의 질긴 줄은 아무리 잡아당겨도 팽팽해지기만 할 뿐 끊어지지 않고 그를 원점으로 돌려놓았다. 이십여 년 만에 비로소 마주한 벤 존슨이 그러했듯 발버둥 쳐도 결국 실패할 거라면 헛되이 애쓸 필요가 없다고 생각하자 차라리 마음이 편했다. 시도하지 않으면 실패도 없을 테니……. 주어진 대로 살다 원래 없었던 사람처럼 사라지면 그만일 것이었다. 그는 아내의 유골을 호달의 생부 옆에 안치하고 일 년간 주변을 정리했다. 더 이상 쓸 일이 없는 그와 아내의 물건을 모아 태우고 가게를 처분했다. 워낙 보잘것없는 살림이었기에 남은 돈은 별로 없었다. 그 돈을 수표 한 장으로 정리해 납골당 주소와 함께 바지 주머니에 넣었다. 누군가 자신의 시신을 발견한 사람이 장례비로 사용해주길 바라는 마음이었다. 호달을 만난 날은 모든 준비를 마친 그가 아내에게 마지막 인사를 온 날이었다. 그 순간 호달을 만나지 못했다면 그는 아내가 생을 마감한 장소에서 똑같은 모습으로 실패한 인생을 마무리했을 것이다.

새로운 시작

호달은 바닥과 맞붙은 할머니와 아버지의 유골함 앞에 무릎을 꿇고 앉아 긴 숨을 내뱉었다. 납골당은 여전히 허름하고, 적막하고, 으스스할 정도로 서늘했다. 다녀간 지 겨우 보름이 지났을 뿐인데 몇 년이 훌쩍 지난 듯 까마득한 기분이었다. 고시원에서 훔쳐 먹은 새벽밥이 명치에 걸려 있는데도 허기가 달래지지 않아 연신 누룽지 사탕을 까먹었던 그날의 자신이 떠올랐다. 그리고 입안에 침이 가득 고일 정도로 달았던 누룽지 사탕의 맛. 고작 사탕 한 알 만큼의 단맛에도 사레들려 눈물을 쏟을 정도로 그의 삶은 쓰디썼다.

"나 또 왔어."

유골함 앞에 나란히 놓인 할머니와 아버지의 사진을 물끄러미 바라보며 말을 건넸다. 국수 다발을 들고 있는 할머니의 앙다문 입술에 설핏 미소가 스쳤다.

"좋아? 손주 떼놓고 아들이랑 같이 있으니까?"

투정부리는 아이처럼 입을 삐죽대며 호달은 가방에서 접이식 돗자리와 소주병과 종이컵, 사탕 봉지를 차례로 꺼냈다. 앞문을 활짝 연 버스 앞에 선 아버지가 선글라스를 끼고 허리에 양손을 올린 채 호달을 마주 보고 있었다.

사고가 나던 날 아버지는 꽤 멀리 다녀오는 길이었다. 아버지의 수첩에는 그날의 행적이 자세히 적혀 있었다. 아버지는 신림동 난곡 입구에서 출발해 서해안 고속도로를 타고 화성, 평택에 도착해 늦은 아침을 먹었다. 뚜렷한 메뉴 없이 백반을 파는 식당에서 콩나물국에 밥을 말아 먹은 후 평택과 아산을 잇는 방조제를 건너고 나선 해안선을 따라 해남까지 갔다. 일부러 시간을 늦추려는 사람처럼 중간중간 공원이나 주유소,

수퍼 같은 곳에 들렀다. 들른 곳마다 상호와 그가 구매한 물품, 주변 풍경에 대한 짧은 메모가 적혀 있었다. 그러나 '끝집'이라는 상호 옆에는 메모 없이 주소뿐이었다. 주소 검색으로 찾아본 바로는 특색 없는 길가의 작은 식당이었다. 끝집에 도착하기 직전에 저녁을 먹은 아버지가 식사를 한 번 더 했을 것 같지는 않았다. 호달은 그곳이 아버지의 최종 목적지가 아니었을까 추측했다. 혹시 거기에 엄마가 살고 있었을까? 결국 아버지는 찾으려던 그녀를 찾은 건지도 모른다. 그렇다면 왜 온종일 걸려 도착한 곳에서 하룻밤 묵지도 않고 서울로 핸들을 돌린 걸까? 기대했던 사람이 그곳에 없어 실망했거나 아니면…… 이미 새로운 가정을 꾸려 너무 잘 살고 있었기 때문인지도 모른다. 그래서 꿈에 나타날 때마다 눈이 발갛게 부풀어 오르도록 울고 있었는지도 모른다. 아버지는 늘 지나치게 또렷한 정신이었기 때문에 아마 죽는 순간까지도 그랬을 것이다. 전복되는 버스 안에서 마지막으로 느낀 감각이 무엇이었을까. 그것에 대해 누군가에게 묻고 싶었지만 내내 마땅한 상대를 찾지 못했다.

돗자리를 잘 펼쳐 그 위에 소주를 가득 채운 종이컵과 누룽지 사탕을 가지런히 놓고 두 번 절했다.

"둘만 사이좋으니까 나는 술이라도 한잔해야지."

그렇게 말하고 호달이 종이컵에 든 소주를 입에 홀짝 털어 넣었다. 미지근한 쓴맛이 혀끝부터 뿌리까지 통증처럼 번졌다. 인상을 찌푸리며 누룽지 사탕 하나를 까 입에 넣었다. 익숙하고 그리운 할머니의 맛. 할머니는 바닥에 앉아 멸치를 다듬거나 물이 펄펄 끓는 양은솥에 국수 다발을 부채처럼 펼쳐 넣은 직후, 장사를 마치고 꾸깃꾸깃한 지폐를 반듯하게 펼 때마다 오물거리며 누룽지 사탕을 녹여 먹었다. 와드득 깨물어 먹을 때와 달리 무뚝뚝하게 굳어 있는 할머니의 얼굴 근육이 저마다 부드럽게 움직이는 것이 보기 좋았던 기억이 난다. 이번엔 호달도 사탕을 입안에서 천천히 굴리며 녹였다. 그동안은 한 번도 이렇게 맛을 음미하며 먹어본 적이 없었던 것 같다. 왠지 모를 뿌듯함이 침과 함께 목구멍으로 기분 좋게 넘어갔다. 싸늘한 눈

빛으로 호달을 노려보는 것만 같던 망자들의 사진도
이전처럼 무섭게 느껴지지 않았다.

　혀에 남은 마지막 단맛이 사라지고 난 후 그는 소주
병과 잔을 도로 거둬 가방에 집어넣고, 남은 사탕을 안
치함에 올리기 위해 열쇠를 구멍에 꽂았다.
　"어?"
　열쇠가 돌아가지도 않았는데 유리문이 저절로 열렸
다. 그제야 그 안에 수북이 쌓인 사탕이 눈에 들어왔
다. 분명 지난번에 몽땅 꺼내 호주머니에 넣었는데 이
상한 일이었다. 호달은 고개를 갸우뚱하며 기억을 더
듬었다. 아무리 생각해도 사탕이 감쪽같이 되돌아와
있을 이유가 없었다. 역시…… 납골당은 혼자 오는 게
아니었다. 다음엔 찬기 녀석이라도 끌고 와야겠다고
생각하며 쌓여 있던 누룽지 사탕을 한 손으로 모아 주
머니에 집어넣고, 새로 한 움큼을 놓은 후 안치함을 잠
갔다. 때마침 주머니에서 휴대폰이 진동했다.
　— 어, 찬기냐?

― 네, 형. 학원 등록하셨어요?

― 아직, 이제 가보려고. 너는?

― 저는 방금 상담 끝났어요. 담임샘이 앞으로 수업 일수만 성실히 채우면 제때 졸업할 수 있게 도와주신대요.

― 잘됐네…….

― 고마워요, 형.

― 낯간지럽게 왜 그러냐. 내가 뭘 해줬다고.

― 옆에 있어주잖아요. 나 가족 생긴 거 처음이에요.

― 됐어, 임마. 끊어!

덩치에 어울리지 않게 섬세한 녀석이었다. 먼저 옆에 있어준 게 누군데……. 한동안 매니저를 따라다니며 도박사이트 운영을 도왔던 찬기는 다행히 큰 처벌을 받지 않고 학교로 돌아갈 수 있게 되었다. 순대타운 한가운데서 호달의 멱살을 움켜쥐었던 경찰의 도움이 컸다. 그 덕분에 밀린 알바비와 치료비까지 톡톡히 받아낼 수 있었다. 아버지 속 썩이지 말고 착실히 살라는 잔소리를 실컷 들었지만 굳이 남자와의 관계를 사실

대로 밝히진 않았다. 뭐, 어차피 상관없는 일이니 좋은 게 좋은 셈 치고 순순히 고개를 조아렸다.

찬기는 학교를 졸업한 후 작은 원룸을 얻어 호달과 함께 지내기로 했다. 그동안 호달은 운전면허를 따 정식으로 취업할 계획을 세웠다. 대학 졸업장이 없는 입장에선 운전면허증 취득이 그나마 가장 빠르고 든든한 대안이라고 고시원 김 아저씨가 귀띔해주었기 때문이다. 호달도 같은 생각이었다. 공부는 몰라도 우리나라 곳곳의 도로를 모조리 꿰고 있던 베스트 드라이버의 아들로서 운전면허쯤 단번에 딸 자신이 있었다.

"참 나, 우리 아부지는 여기 버젓이 죽어 있고만 누가 아버지야."

가방을 둘러메고 밖으로 나온 호달이 납골당을 돌아보며 중얼거렸다. 피식 웃음이 나왔다. 갈비뼈 부근이 아직 욱신거렸다. 매니저에게 맞은 곳이 말끔히 나으려면 앞으로 한 달은 걸릴 것이다. 면허증을 따면 차를 빌려 아버지가 거쳤던 경로대로 '끝집'에 가보리라 생각하며 걸음을 재촉했다. 그러느라 건물 안에서 그를 바라보는 사람이 있다는 걸 알아채지 못했다.

남자는 호달의 기척이 완전히 사라지고 나서야 숨어 있던 곳에서 나왔다. 조금 전까지 호달이 서 있던 자리에 이번엔 그가 앉았다. 누룽지 사탕이 수북이 쌓인 유골함 옆 칸에 그의 아내가 있었다. 그리움과 미안함, 안쓰러움과 고마움으로 뒤범벅된 마음에 가슴이 뻐근했다.

"당신이지? 자꾸 저 녀석하고 만나게 하는 거 말야. 그날도, 오늘도……. 혼자 남아서 무서울까 봐. 저 녀석이 살아 있는 걸 알았으면 당신도 아직 내 옆에 있었을까?"

그는 아내가 긴 외출을 하는 날이면 88국수집에 들른다는 사실을 알고 있었다. 국숫집에 누가 사는지, 아내는 왜 아무 말 없이 고개를 푹 숙이고 국수 한 그릇만 먹고 돌아오는지도 알고 있었다. 어딜 다녀오는지 결코 말해주지 않는 아내의 뒤를 몇 번이나 몰래 따라갔었기 때문이다. 한 해 전, 외출했다 돌아오지 않는 그녀를 찾으러 갔다 시커멓게 타버린 국숫집을 마주했을 때 그는 아내의 죽음을 예감했다. 예감은 곧이어 현실로 나타났다. 아내는 아마 자신의 아들이 죽었다고 생각했을 것이다. 그 역시 마찬가지였다. 그 때문에 바로 이 자리에서 호달을 맞닥뜨렸을 때 그는 옴짝달싹할 수가 없었다. 처음엔 놀랐고 다음엔 얄미웠고, 마침내 속이 쓰렸다.

그날 다 큰 녀석이 버려진 아이처럼 찬 바닥에 웅크리고 참으로 서럽게도 울었다. 그러지만 않았어도 모른 척 지나칠 수 있었을 것이다. 아니면 아버지의 오랜 지인이라고 적당히 둘러대고 용돈이나 몇 푼 쥐여준 뒤 보냈을지도 모른다. 그런데 그럴 수가 없었다. 엎드린 아이를 내려다보며 그는 작고 동그란 뒤통수가 아내와 꼭 닮았다는 걸 깨달았다. 작지만 단단한, 남자에게 결코 말해주지 않던 생각이 고집스럽게 들어찬 뒤통수. 볼 때마다 그를 좌절시키고 화나게 했지만 외면하지 못하게 만들던 바로 그 뒤통수 말이다. 자기가 물러서지 않으면 아이도 아내처럼 그 자리에서 움직이지 않을 것 같아 잠깐 비켜섰지만 그대로 보낼 수는 없었다. 적어도 왜 그렇게 울었는지는 알아야겠다고 생각했다. 아니, 어쩌면 아내에 대한 분풀이를 하고 싶었던 건지도 몰랐다.

좀 더 정직한 방법이었다면 좋았겠지만 그건 그가 할 수 있는 일이 아니었다. 어쩌겠나. 친절하지 않은 세상을 살아온 그에게는 비난하고, 몰아붙이고, 거짓말로 둘러대는 일이 가장 자연스럽고 알맞은 것을.

벤 존슨은 그가 알고 있는 유일한 영웅이자 호달도 알고 있을 만한 인물이었다. 아내를 몰래 좇아 찾아낸 88국수집 벽에서 벤 존슨의 사진을 본 기억이 있었다. 벤 존슨, 끝내 실패하고 말았지만 적어도 바라던 곳까지 가장 가까이 가본 사람. 그 덕분에 남자는 잠시나마 자신도 바닥을 딛고 일어설 수 있을 거라는 희망을 가진 적이 있었다. 다행히 호달은 그가 들고 있던 종이에 관심을 보였고, 고맙게도 버릇없는 아이와 아이 엄마 덕에 영상까지 찍힐 수 있었다. 그러지 않았더라면 그는 접근할 다른 방법을 찾느라 끙끙대며 종일 호달의 뒤를 밟아야 했을 것이다. 다행히 가장 자신 있는 방법으로 호달을 붙잡을 수 있었고, 그다음은…… 과정이 험난하긴 했지만 결국 성공이었다. 실패로 점철된 그의 인생에서 단 한 번의 성공이 이루어진 날이었다.

　서울올림픽에서 벤 존슨의 약물복용 사실이 세상에 알려지면서 그에 관한 기사가 잇따라 쏟아져나왔다. 너무 빠른 속도였다. 마치 기자들이 이전부터 그의 약물복용을 알고 있었던 것이 아닐까 싶을 정도였다. 남자는 그중 한 기사를 어렴풋이 기억했다. 벤 존슨이 9.83이라는 세계신기록을 세우며 생애 첫 금메달을 거머쥔 1987년 로마세계선수권대회에서 이미 약물을 복용하고 있었다는 내용이었다. 사실 벤 존슨은 당시 9.98 이상의 기록을 내지 못한 채 고전 중이었다. 스포츠계는 급격한 성장세를 보이는 그를 주목하긴 했으나 큰 기대를 걸고 있진 않았다. 그대로라면 벤 존슨은 그저 반짝 떠올랐다 사라지는 신예에 머물 가능성이 컸다. 늦게 시작한 만큼 선수로서의 기회도 많지 않았기에 그는 절박했다. 가난하고 보잘것없던 원래의 생활로 돌아가지 않으려면 세계가 주목할 만한 이벤트가 필요했고 그는 나쁜 선택을 한 것이다. 그랬다. 벤 존슨은 자신을 실패로 몰아가게 될 나쁜 선택을 한 것이다.

이상하게도 남자는 호달이 버스 정류장에서 벤 존슨의 올림픽기록이 9.98이 아니라 9.79라고 지적할 때까지 자신이 갈겨 쓴 기록이 틀렸다는 사실을 모르고 있었다. 그러고 나서야 뒤늦게 그 기사를 떠올렸다. 벤 존슨의 실패가 시작되었던 지점, 무명과 가난으로부터 도망치기 위해 나쁜 선택을 하기로 결심한 지점의 기록. 그때 벤 존슨이 다른 선택을 했어도 결국 실패했을까? 답은 그렇다, 였다. 그는 꽤 오랫동안 자신처럼 애초에 패배자로 운명지어진 사람이 있다고 굳게 믿어왔다. 호달과 함께 매니저에게 두들겨 맞을 때까지만 해도 그랬다. 그러나 도망치는 호달의 뒷모습을 보며 비로소 오랜 믿음을 버려야 할 때가 왔음을 깨달았다. 패배하기로 결심하지 않는 한, 패배의 법칙 같은 건 없어야 했다. 저 아이를 위해서도 자기 자신을 위해서도.

피시방에서 기절한 호달을 병원으로 옮긴 뒤 그는 국숫집에 들러 낮에 먹은 국숫값을 지불하고 지갑을 돌려받았다. 그날 밤은 호달의 옆에서 잤다. 병원 보조 침대가 좁고 불편했지만 그 어느 날보다 깊게 잠들었던 것 같다. 다음 날 아침엔 산산조각 난 핸드폰 액정을 수리하고 호달의 지갑에 들어 있던 안치함 열쇠를 찾아 복사해두었다. 아내를 찾아올 때 호달의 가족에게도 함께 인사하기 위해서였다. 텅 빈 지갑에는 돈을 채워줄까 하다 지하철에서 들고 있던 종이를 길게 접어 끼워 넣었다. 언젠가 호달이 거기 쓰인 말의 의미를 알아주길 기대하며……. 아니, 실은 가끔 자기를 기억해주길 바라는 마음이었다는 것이 맞을 것이다. 언젠가 때가 되어 호달과 다시 만나는 날이 온다면 사기꾼이 아닌 다정한 아버지의 모습으로 아이가 궁금해할 모든 것을 말해줄 수도 있을 것이다.

아내의 유골함 앞에 앉아 호달과 함께 보낸 시간을

찬찬히 되새김질한 남자는 자기도 모르게 옅은 미소를 짓고 있었다.

"당신, 아들 얼굴 봐서 좋겠네. 그 녀석은 당신을 몰라봤겠지만……. 지금 웃고 있는 거 맞지? 앞으로 내가 간간이 살필게."

남자는 다정한 목소리로 아내에게 인사하고 호달이 다녀간 안치함으로 시선을 옮겼다. 그녀와 나란히 자리 잡은 곳에 한 가족처럼 놓인 두 사람의 사진을 보니 왠지 심술궂은 마음이 들었다.

"이런 말씀 드리긴 뭐하지만, 이 사람은 제 아냅니다. 아무리 반가우시더라도 그 점은 명심해주십시오."

사진 속에서 국수 다발을 든 호달의 할머니가 인상을 쓰는 듯했다. 버스 앞에 선 그녀의 아들은 왠지 얼굴이 붉어지는 것도 같았다. 남자는 제법 다부지게 그들과 눈을 맞추곤 자리에서 일어나 납골당 안을 휘둘러보았다. 마지막 인사를 하러 왔던 날과 달라진 것 없는 풍경이었지만 무척이나 새삼스러웠다.

생각해보면 그가 호달을 구한 것이 아니라 호달이

그를 구한 셈이었다. 죽으려던 순간 아내를 쏙 빼닮은 뒤통수가 울고 있었으니까. 자기도 모르게 그 아이를 쫓아가게 되었으니까. 아이를 따라다니는 동안 남자는 문득 어떤 비밀을 알아낸 것 같았다. 실패를 거듭해도 포기할 수 없는 무언가가 자꾸 나타난다는 건 어쩌면 그에게 선택할 수 있는 다른 운명이 존재하기 때문이 아닐까. 그는 자신의 운명을 시험해보기로 했고 마침내 뜻하는 대로 이루어냈다. 그날의 영웅은 벤 존슨이 아니라 물러터진 호달과 바로 남자 자신이었다. 그렇다면 이제부터 시작이다. 벤 존슨이 아니라 호달과 함께 그는 바닥부터 다시 시작할 것이다. 어떻게 시작해야 할지는 아직 모르겠다. 아내를 처음 만난 바닷가로 갈까, 아니면 마지막을 함께했던 식당을 되찾을까? 가진 게 없으니 어느 쪽이든 한동안은 고생스러울 것이다. 하지만 원래 영웅이란 어떤 어려움이 닥쳐도 포기하지 않는 법이다. 그리고 결코 죽지도 않는다.

　그는 출입구를 향해 천천히 걸음을 옮겼다. 고요한

실내에 보름 전 그날처럼 운동화의 고무 밑창과 바닥
이 마찰하는 소리가 메아리처럼 울렸다.

지하철에서 남자를 만난 건 7년 전 이맘때였습니다. 그는 '벤 존슨, 9.98'이라는 문구를 갈겨쓴 종이를 들고 있었습니다. 저는 호달처럼 한낮의 햇볕을 받으며 졸다 그를 발견했습니다. 워낙 개인주의자인 저는 주변에 크게 관심이 없는 편인데 이상하게 그날은 남자를 지켜보게 되었습니다. 말없이 눈을 감고 있음에도 남자는 홀로 시위하는 것 같기도 했고, 안간힘을 다해 버티는 것 같기도 했습니다. 단순히 관심을 끌려고 한다기엔 뭔지 모를 간절함이 배어 있는 태도였습니다. 어쩌면 아닐 수도 있습니다. 그는 그저 주목받고 싶었던 건지도 모릅니다. 홀로 버티고 있었던 건 오히려 저였던 것 같기도 합니다. 아무튼 지하철을 타고 가는 내내 호기심과 약간의 불편함이 섞인 마음으로 그를 흘끗흘끗 쳐다보

았습니다. 그러는 동안 그에 대한 두서없는 상상이 머
릿속을 굴러다녔습니다. 그것은 꽤나 피곤하고 성가신
일이었습니다. 거기서 벗어나는 방법은 아예 본격적으
로 그럴듯한 이야기를 만들어내는 것뿐이었습니다. 이
소설은 그렇게 시작되었습니다.

88년 무렵은 우리나라가 한창 성장과 부흥을 일으키
던 때로, 누구나 성공에 대한 희망을 한껏 품었던 시기
였습니다. 일면의 혹독한 시대 상황에도 불구하고 개천
에서 용이 나고, 누군가는 하루아침에 부자가 되기도
했습니다. 때문에 저마다 자신에게 혹은 사랑하는 사
람에게 영웅이 될 수 있다는 꿈에 부풀어 초인적인 힘
을 발휘하며 살았던 것 같습니다. 가난한 배달부였던
벤 존슨은 당시 우리나라 시대상에 걸맞은 성공을 이
뤄냈던 인물로 기억합니다. 물론 그 후 참담한 실패담
이 진짜였습니다만. 그때의 우리에게도 빛나는 성공 뒤
에 가려진 수많은 실패담이 있었을 것입니다. 벤 존슨
처럼 부정에 의한 실패, 정직한 실패, 어쩔 수 없는 실패

등등……. 영웅이 되고 싶었으나 실패한 무수한 사람들이 있었고, 그럼에도 끝내 희망을 놓지 않았던 사람들도 있었습니다. 벤 존슨의 실패는 실패로 끝났지만 부흥의 시대에서 극심한 경제 위기로 곤두박질치는 와중에도 그들은 결국 살아냈습니다. 80년대가 남긴 단 하나의 미덕이 있다면 바로 그런 희망적인 태도일지 모릅니다. 애초에 희망을 품을 수 없는 사회 구조 속에서 자라난 호달 세대와 달리 그들은 무모하지만 포기하지 않는 희망을 품었던 세대가 아닌가 합니다. 그래서 호달과 벤 존슨 님을 만나게 해야겠다고 생각했습니다.

덕분에 저 역시 관계에 대해 사뭇 다른 시선을 갖게 되었습니다. 자기만족을 위한 어설픈 관심은 오히려 위선이고, 제 앞가림은 스스로 하는 게 맞으며 충분히 가능하다는 확신으로 내내 타인을 물리치며 살아왔던 삶의 태도에 균열이 생긴 것입니다. 저뿐만 아니라 오늘을 살아가는 많은 사람이 자의 혹은 타의로 고립된 생활을 하고 있을 것입니다. 온라인으로는 전 세계와 연결되어 있지만 휴대폰이 꺼지는 순간 혼자가 되는 생활. 누구도 나를 간섭하지 않지만 동시에 책임져주지도 않는, 자유로운 동시에 무한히 방치되는 세계. 그 매끄럽고 쿨한 세계에, 구질구질하고 시끄럽고 귀찮을 정도로 질척대는 사람이 몇 명쯤은 있어도 나쁘지 않을 것 같았습니다. 마침 그런 사람이 넘쳐나던 시대를 거쳐온 저는 모르는 사람들 사이에도 훈수와 참견, 사생활 침해가 숨 쉬듯 오고 갔던 그때를 또렷이 기억하고 있습니다. 그 안에서 무례함은 벗겨내고 타인에 대한 애정과 관심을 찾아내 씨앗처럼 이 세계에 흩뿌려놓으면 좋겠다고 생각했습니다. 그 시도가 성공할지는 좀 더 지켜봐야겠지만 포기하지 않고 계속해볼 생각입니다.

소설이 완성되기까지 많은 도움을 받았습니다. 오래 묵혀둔 원고를 꺼내 연재할 수 있도록 기회를 준 브런치스토리팀과 기꺼이 구독료를 지불하며 읽어준 독자님들, 성긴 이야기를 어엿한 한 권의 책으로 만들어준 시원북스에 깊이 감사합니다. 생의 희로애락을 거침없이 표현하며 언제나 응원과 지지를 아끼지 않는 가족에게도 감사합니다. 소설에 등장하는 모든 인물은 가족에게서 조금씩 빌려왔습니다. 마지막으로 척박한 나의 생활에 성실한 농부처럼 관계와 배움과 휴식의 거름을 주는 마을상점생활관, 고맙습니다.

2026년 4월

이찬란

나의 벤 존슨

초판 1쇄 발행 2026년 4월 28일

지은이 이찬란
펴낸곳 ㈜골드앤에스
펴낸이 양홍걸

홈페이지 siwonbooks.com
블로그 · 인스타 · 페이스북 siwonbooks
주소 서울시 영등포구 영신로 166 시원스쿨
구입 문의 02)2014-8151
고객센터 02)6409-0878

ISBN 979-11-94687-96-2 03810

시원북스는 ㈜골드앤에스의 단행본 브랜드입니다.

독자 여러분의 투고를 기다립니다.
책에 관한 아이디어나 투고를 보내주세요.
siwonbooks@siwonschool.com